rowohlt
HUNDERT AUGEN

RALF KÖNIG

ABBA HALLO!

ROWOHLT HUNDERT AUGEN

Originalausgabe
Veröffentlicht im Rowohlt Verlag, Hamburg, März 2023

Einbandgestaltung Anzinger und Rasp, München
Einbandillustration Ralf König
Lithografie Susanne Kreher
Herstellung Daniel Sauthoff
Druck und Bindung CPI books GmbH, Leck
ISBN 978-3-498-00347-0

KÖLN, 4. NOVEMBER 2021
MORGEN KOMMT AS NEUE ABBA-ALBUM! ACH VIERZIG JAHREN! CH BIN EIN BISSCHEN AUFGEREGT.
VERSTEHE ICH. WENN ICH MIR VORSTELLE, ES GÄBE WAS NEUES VON BACH...
ICH WAR DAMALS SO VERKNALLT IN BENNY MIT SEINEM SEXY VOLLBART! ABER DANN KAM JA AGNETHA, DIESES MISTSTÜCK...
WAS?
DIE HAT SICH DOCH AN FRIDA VORBEI AN BENNY RANGEMACHT! DAS WAR'S DANN MIT ABBA!
DAVON HAB ICH NIE GEHÖRT! DIE WOLLTE SICH MEHR UM IHR KIND KÜMMERN!
JA, DAS IST DIE TRÄNENDRÜSENVERSION...

DU SOLLTEST EINE NEUE ABBA-BIOGRAFIE SCHREIBEN.
DIE BENNY-PASSAGEN WÄREN NICHT JUGENDFREI.
ICH MEINE, WENN ICH AGNETHA GEWESEN WÄRE UND MIT DIESEM GITARREN-ÄFFCHEN BJÖRN ZUSAMMEN ... UND DA SITZT DIESER GEILE BEHAARTE BÄR AM KLAVIER...
ES FÄLLT MIR SCHWER, MIR VORZUSTELLEN DU WÄRST AGNETHA...
BENNY HÄTTE MICH IRGENDWANN ÜBER DEN KLAVIERSTUHL GELEGT, UND NUR DARUM HÄTTEN ABBA SICH GETRENNT!
ABER NUN VERTRAGT IHR EUCH JA ALLE WIEDER, UND ES GIBT EIN NEUES ALBUM.
ICH BIN EIN BISSCHEN AUFGEREGT.
JA, ALLE HASSEN DICH! WIE YOKO ONO!

PAUL, ICH HAB'S! ICH HAB DAS NEUE ABBA-ALBUM!! ICH KOMM DAMIT ZU DIR UND WIR -
SCHEISSE... ICH HAB EIN BISSCHEN ANGST!
WAS?
WEISS NICHT... WIR WAREN DAMALS JUNG UND GEIL!
GIMME GIMME A MAN AFTER MIDNIGHT!
WIR HATTEN MORGEN-EREKTIONEN!
ACH WAS! ABBA SIND AUCH ALT GEWORDEN! UND SINGEN NOCH!
JA, ABER DIE HABEN SICH KLONEN LASSEN!
WENN BENNY MORGENS ALS ABBA-TAR AUFWACHT, WÖLBT SICH DIE IKEA-JÄTTEVALLMO-BETTWÄSCHE!
PAUL, IRGENDWAS DARAN VERSTEHST DU FALSCH.
WAS ES WOHL KOSTET, SICH VON OBEN BIS UNTEN ZUM VERJÜNGTEN HOLOGRAMM MACHEN ZU LASSEN?!
KÖNNEN WIR UNS NICHT LEISTEN!
ODER WENIGSTENS DIE MORGENEREKTION?!

JA, ABBA GEHT TIEF! ICH HAB ALS KIND MEINER MUTTER DIE SINGLE MAMMA MIA ZUM MUTTER-TAG GESCHENKT! HAB ICH MIR EIGENT-LICH SELBER GESCHENKT, ABER SIE HAT SO GETAN, ALS WENN SIE SICH FREUT!
OH SCHEISSE...
WAS IST?
GAANZ TIEFE ERINNERUNG... ICH HAB MAL MIT MEINER MUTTER ZU ABBA GETANZT!
VOR DER MUSIK-TRUHE!
MEIN MÜRRISCHER VATER WAR NICHT DA, UND SIE WAR GANZ GELÖST UND GUTER LAUNE!
DAS IST DOCH EINE SEHR SCHÖNE ERINNERUNG!
JA... ABER ICH WEISS DAS LIED NICHT MEHR...
SCHNÜFF...

TJA... ZWEI ALTE OMAS UND ZWEI ALTE OPAS.
DAS BRICHT MIR JETZT EIN BISSCHEN DAS HERZ!
DAS IST BENNY?!
PAUL, NIMM ES GEFASST. DIE ZEIT MACHT NICHT MAL VOR ABBA HALT!
WARUM HAT ER DIESE LANGEN HAARE?! ER IST DOCH EIN BÄR!
ER IST KEIN BÄR, ER IST NUR HETERO UND DICK.
ACH JA.
SEUFZ... WIR WAREN ALLE MAL JUNG...
?
UND DU KLINGST WIEDER WIE DEINE TANTE MARGOT!
JA, DIE MOCHTE ABBA AUCH!
OK, ICH LEGE JETZT DIESE CD AUF!

I STILL HAVE FAITH IN YOU...
ALSO ICH WEISS NICHT, WIE ES EUCH GEHT, ABER FÜR MICH KLINGT ES EIN BISSCHEN ÜBERSTEUERT.
ODER IN DEN VIERZIG JAHREN SIND MEINE OHREN SCHLECHTER GEWORDEN! BEI THE VISITORS WAR NOCH –
JA, DEINE OHREN SIND SCHLECHTER GEWORDEN! QUATSCH NICHT REIN!
IT STANDS ABOVE THE CRAZY THINGS WE DID IT ALL COMES DOWN TO LOVE...
SCHNÜFF...

UND? WIE IST NUN DIE NEUE ABBA-PLATTE?
DAS KLINGT RÜHREND, PLATTE.
AUS DER ZEIT GEFALLEN.
DIE NEUE ABBA-SCHALLPLATTE!
WAS SAGT MAN DENN? DATEI?
WEISST DU… JEDER HAT SEINE ABBA-GESCHICHTE. ANFANG DER ACHTZIGER WAR ES UNCOOL, AUF ABBA ZU STEHEN!
ERST MEINHARD, DIE GEILE SAU, HAT MIR DEN WALKMAN AUF DIE OHREN GESETZT UND LAY ALL YOUR LOVE ON ME!
WOW!
ER MEINTE, HÖR DIR DAS AN! DAS IST GUT!
ICH WAR AUGENBLICKLICH FAN!
…UND WENIG SPÄTER WAR MEINHARD TOT.
ENDE DER VOYAGE.
DIE NEUE ABBA-PLATTE IST SCHÖN, ABER ETWAS ZU KURZ.
SO WIE DAS LEBEN.
JA.

NEE, NEE, ICH TRAGE LIEBER WIEDER MASKEN, WENN HIER PFLEGER UNGEIMPFT SIND! UND STELL DIR NUR MAL VOR, WIR HÄTTEN KEINE OHREN!
WIESO SOLL ICH MIR DAS VOR-STELLEN?
WEIL WIR DIE MASKEN DANN NICHT HINTER DIE OHREN SCHNALLEN KÖNNTEN! DA HAT SICH DIE NATUR WAS BEI GEDACHT!
WIESO, WIR WÜRDEN UNS DAS GUMMIBAND EINFACH UM DEN HINTERKOPF SCHNALLEN...
WÜRDE IMMER RUNTER-RUTSCHEN! DA WÄR NOCH ALLES VIEL SCHLIMMER MIT CORONA!
NEIN, DIE MASKEN HÄNGEN JA AUCH AUF DEN NASEN!
SIEHST DU?! UND JETZT STELL DIR MAL VOR, WIR HÄTTEN KEINE NASEN!
STÖHN...

ICH WÜRDE PAPI JA WEIHNACHTEN BESUCHEN, ABER OHNE IMPFDINGS LASSEN DIE MICH DA NICHT REIN!
LASS DICH IMPFEN UND LOS!
SO FASCHO IST DEUTSCHLAND! TÖCHTER DÜRFEN NICHT ZU IHREN PAPIS INS ALTENHEIM!
JA, DEUTSCHLAND BRAUCHT WIDERSTANDSKÄMPFER WIE DICH!
WER WEISS, WIE VIELE WEIHNACHTEN PAPI NOCH ERLEBT MIT ACHTZIG!
ER IST SCHON ACHTUNDACHTZIG, UND WENN DU DA UNGEIMPFT REINLATSCHST, HAT ER GUTE CHANCEN, DASS ER STIRBT!
ICH LASS MICH NICHT IMPFEN! KEINER WEISS, WAS DA DRIN IST!
DAS MACHT WAS MIT DEM GEHIRN!
EDELTRAUT... SIEH ES ALS HOFFNUNG.
TU ICH AUCH!
UM MICH MUSS SICH PAPI KEINE SORGEN MACHEN!

PAUL, WEISST DU, WO MEINE NOTENBLÄTTER SIND? DIE LAGEN HIER AUF DEM SIDEBOARD!
ÄH … BEI DEINEN ALTEN ZEITUNGEN? DANN SIND SIE IM ALTPAPIER …
DU HAST MEINE NOTEN IN DIE … MÜLLTONNE …?!
WENN DU DEIN VERGILBTES ZEUG HIER RUMLIEGEN LÄSST …
DAS IST KEIN VERGILBTES ZEUG, ES IST BRAHMS! HOL SOFORT DIE NOTEN AUS DER TONNE!!!
SIEH MAL, DU KANNST BRAHMS DOCH BESTIMMT SCHON AUSWENDIG!
UND DU HAST NOCH JEDE MENGE BEETHOVEN UND BACH UND MOZART ZUM SPIELEN! DIE SIND DOCH AUCH SCHÖN!
ERZÄHL MIR NICHT, DIE TONNEN WURDEN BEREITS GELEERT!
DONNERSTAG IST ABFUHRTAG. HALLO, ICH PUTZE HIER! WAS MACHEN DEINE NOTEN BEI DEN ALTEN ZEITUNGEN?!
ICH FASS ES NICHT!! DAS WAREN NOTEN AUS DER STADTBIBLIOTHEK!! JETZT KANN ICH –
?!
OH! HIER LIEGEN SIE JA! AUF DEM STUHL. ALLES GUT, DANKE
FFFH …

MEINE RUH' IST DAHIN
MEINE FREUD' IST ENTFLOH'N, HÖRE BEBEND NUR KLAGE-TON...
AND NOW YOU SEE ANOTHER ME...
WARTE MAL, LUDWIG.
I'VE BEEN RELOADED YEA-AH, I'M FIRED UP
PAUL, WIR HABEN NUR DREI TAGE ZEIT, FÜNF SCHUBERT-LIEDER EINZUÜBEN!
MACHST DU BITTE ETWAS LEISER?!
DON'T SHUT ME DOWN
ABBA HATTEN NUR VIERZIG JAHRE ZEIT, ZEHN LIEDER EINZU-ÜBEN!
DARF ICH BITTE ETWAS LAUTER?!
NIMM KOPF-HÖRER!
ER HÖRT SEIT TAGEN NUR NOCH DIE NEUE ABBA!
ABER DIE IST DOCH GANZ UNZEITGEMÄSS!

OH PAUL, OH PAUL, ICH HALT'S NICHT AUS!
WAS?
DAS STEH ICH NICHT DURCH! ICH BIN ZU ALT FÜR SOWAS!! DIESER MANN WIRD MICH KOMPLETT AUS DEN ANGELN HEBEN!!
WOVON REDEST DU?! WELCHER MANN?!
LUTSCHER, WELCHER MANN?!
OH GOTT, WAS MACH ICH DENN JETZT NUR?!
WAS IST DENN LOS, VERDAMMT?!!
ICH... MUSS DAS ERST MAL SETZEN LASSEN! ICH ERZÄHL'S DIR SPÄTER MAL!
BOAH!!!

OK! DU ERINNERST DICH AN DEN EX-LOVER VON BRUNO BROCKENHOLZ, DER GEILEN SAU? DIESER HAARIGE, SCHÖNE, SEHR BEHAARTE, STÄMMIGE ITALIENER MIT ÜBERALL HAAREN?!
ROMANO! ROMANO PANNACOTTI!
ROMANO. GEH MAL BEI GAYROYAL AUFS PROFIL SCHMUSEBAER-KOELN.
DU HATTEST SEX MIT ROMANO?!!
SCHLIMMER.
GEH BEI GAYROYAL AUFS PROFIL SCHMUSEBAER-KOELN!
SCHMUSEBÄR?!
ICH HABE SOEBEN ZWEI STUNDEN MIT SCHMUSEBÄR GESCHMUST.
GESCHMUST?!!
RALF

www.gayroyal.com/schmusebaer-koeln

Gay Royal

Profil

Home | Details | Fotos | Gäste

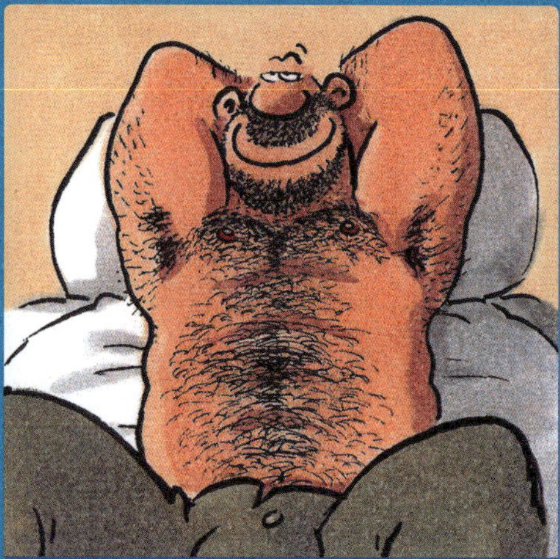

Schmusebaer-koeln
- offline -

36 Jahre, 107 kg, XL, Krebs
aus Köln (DE) [Karte]
Entfernung: 25 km

2 Fotos

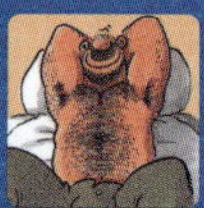

An die Besucher meiner Hompage

schmusebär schmust prof.

Aussehen

guckst du Bilder

Interessen

alles unter Bettdecke und darüber auch

Was ich suche

Schmuser zum schmusen Termine frei

Sex?

nur schmus meist

Hardcoretext

ich bin haare überall. terminabsprach. schmus 100 € cash

Verstoß melden

zurück

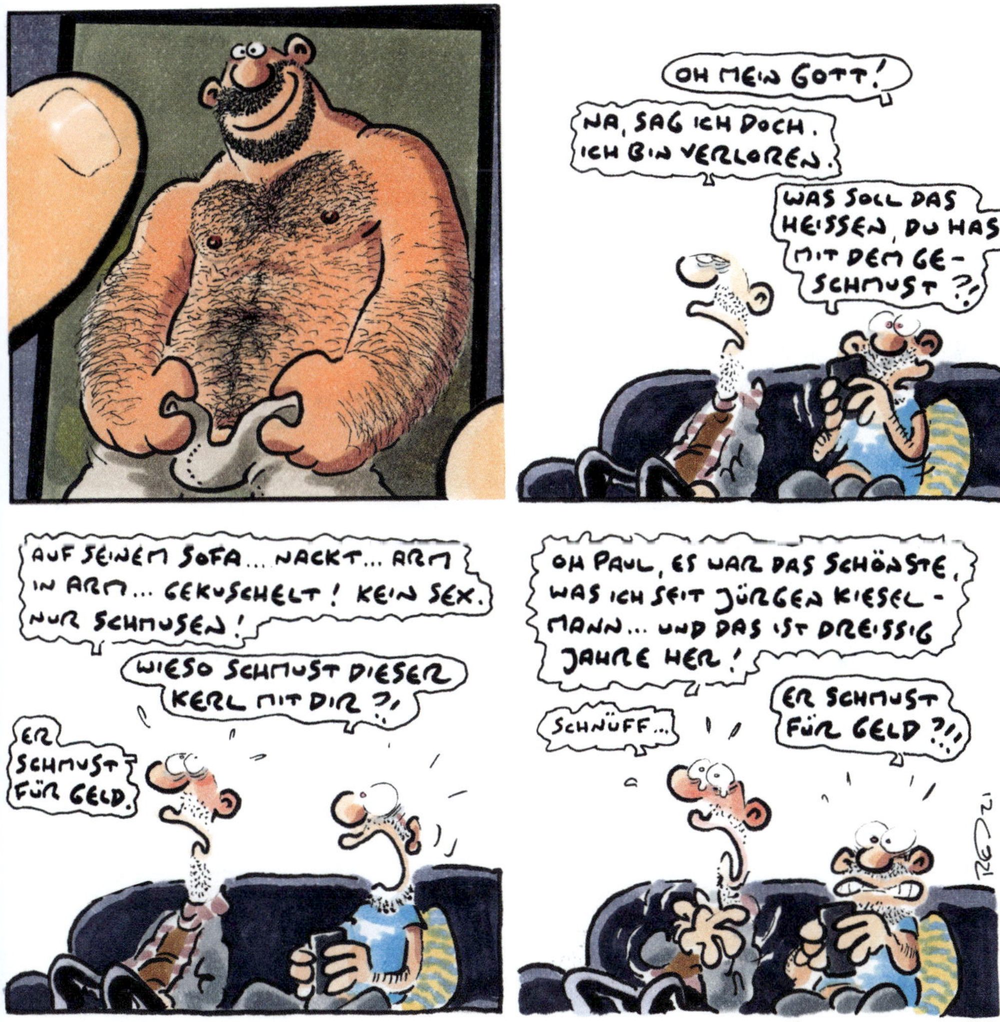
OH MEIN GOTT!
NA, SAG ICH DOCH. ICH BIN VERLOREN.
WAS SOLL DAS HEISSEN, DU HAST MIT DEM GE-SCHMUST?!
AUF SEINEM SOFA... NACKT... ARM IN ARM... GEKUSCHELT! KEIN SEX. NUR SCHMUSEN!
WIESO SCHMUST DIESER KERL MIT DIR?!
ER SCHMUST FÜR GELD.
OH PAUL, ES WAR DAS SCHÖNSTE, WAS ICH SEIT JÜRGEN KIESEL-MANN... UND DAS IST DREISSIG JAHRE HER!
SCHNÜFF...
ER SCHMUST FÜR GELD?!!

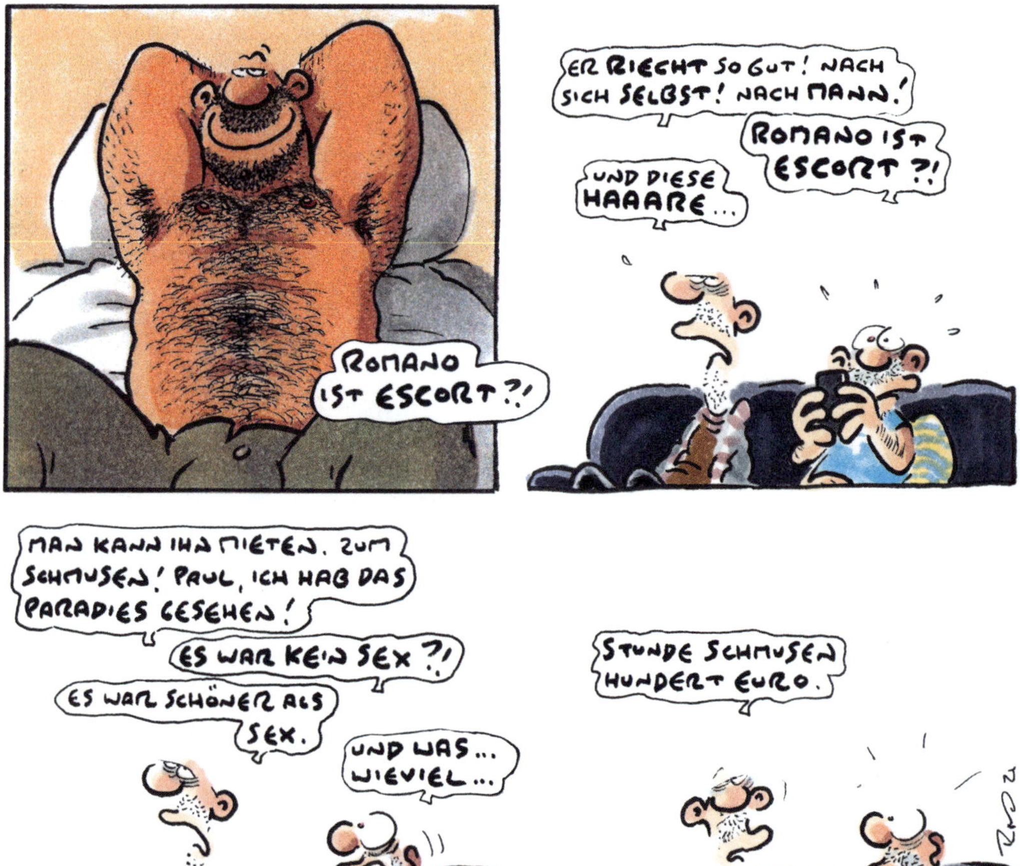
ROMANO IST ESCORT?!
ER RIECHT SO GUT! NACH SICH SELBST! NACH MANN!
ROMANO IST ESCORT?!
UND DIESE HAAARE...
MAN KANN IHN MIETEN. ZUM SCHMUSEN! PAUL, ICH HAB DAS PARADIES GESEHEN!
ES WAR KEIN SEX?!
ES WAR SCHÖNER ALS SEX.
UND WAS... WIEVIEL...
STUNDE SCHMUSEN HUNDERT EURO.

FÜR HUNDERT EURO SCHMUST DIESER MANN MIT MIR ?!
NICHT MIT DIR, MIT MIR! UND ES WAREN ZWEI - HUNDERT EURO!
ES WURDEN ZWEI STUNDEN! ICH KONNTE MICH NICHT LOSREISSEN!
DU HAST FÜR ZWEIHUNDERT EURO NUR GESCHMUST ?! WARST DU NICHT GEIL ?!
NAJA...
FÜR HUNDERT EURO WÜRD ICH MICH BEI DEM ZÜGIG NACH UNTEN SCHMUSEN UND IHM WAS SCHMATZEN!
SEINE OBERSTE REGEL: KEIN SEX!
WIE PERVERS IST DAS DENN ?!
UND WEISST DU WAS ?! ICH WILL AUCH GAR KEINEN SEX! WER BRAUCHT IN UNSEREM ALTER NOCH RISIKOTRÄCHTIGE PRAKTIKEN UND AKROBA - TISCHE STELLUNGEN ?!
ICH!

DU WILLST DAMIT SAGEN, DIESES SCHÖNE TIER WÜRDE MIT MIR NACKT AUFS SOFA ?! FÜR GELD ?!
NEIN, DAS WILL ICH DAMIT NICHT SAGEN!
SONDERN?
ER SCHMUST NICHT MIT JEDEM! DU MUSST IHM SCHON KÖRPERLICH ANGENEHM SEIN!
UND DU MEINST, DAS BIN ICH NICHT ?!
NA, BEWIRB DICH BEI IHM!
WIRST SCHON SEHEN, WAS DU DAVON HAST! ICH WILL FÜR DEN REST MEINES LEBENS MIT ROMANO PANNACOTTI SCHMUSEN!
DAS WIRD TEUER!
ICH KÜNDIGE MEINE LEBENSVERSICHERUNG.
UND ZUM KUSCHELN HAST DU DOCH DEINEN KONRAD!
DAS IST JETZT'N TOTSCHLAG-ARGUMENT.

ICH TU'S NICHT, ICH TU'S NICHT, ICH TU'S NICHT!
WAS IMMER ES IST. NEIN, TU'S NICHT!
TU ICH AUCH NICHT!
DANN IST'S JA GUT. WAS GENAU TUST DU DENN NICHT?
VERGISS ES! ICH TU'S JA NICHT!
NEIN, DU TUST ES NICHT. UND ES IST JA NICHT SO, DASS DU ES AM ENDE DOCH TUST!
UND DICH JETZT QUASI NUR BESCHWÖRST, ES NICHT ZU TUN! WAS IMMER ES IST!
JETZT BRING MICH NICHT AUF DUMME GEDANKEN!
ICH GEH AUF MEIN ZIMMER!
OK. ABER TU'S NICHT!
NEIN, ICH TU'S NICHT!

SEIT CORONA HAT SICH DAS MIT DEN OBDACHLOSEN IN KÖLN VERDREIFACHT! ÜBERALL WIRD MAN ANGEBETTELT!
JA, STIMMT LEIDER.
GIBST DU WAS?
NAJA, WENN ICH RAUSGEHE, HAB ICH IMMER EIN PAAR LOSE MÜNZEN IN DER TASCHE.
WENN DROGEN IM SPIEL SIND, GEB ICH NICHTS.
NICHT, WENN SIE SEHR VERDRECKT SIND. WENN SIE SICH MIR IN DEN WEG STELLEN, AUCH NICHT! UND NICHT, WENN ICH VORM CAFÉ ODER RESTAURANT SITZE! NICHT AN GELD- ODER FAHRKARTENAUTOMATEN!
NICHT IN DER BAHN...
ALSO, DU GIBST NUR WAS, WENN SIE GEPFLEGT SIND UND DICH NICHT ANSPRECHEN.
JA, ICH BEMERKE GRAD DIE PROBLEMATIK.

HEUTE IST WELT-AIDS-TAG.
HM.
ICH MUSS DABEI IMMER AN FRÄNZCHEN DENKEN! DER IST NÄCHSTES JAHR SCHON DREISSIG JAHRE TOT!
ICH SEH IHN NOCH HIER SITZEN!
JA.
UND WAS DANN SPÄTER KAM... ICH WILL NICHT DRAN DENKEN...
NEIN.
WAS WÄREN WIR DAMALS FROH GEWESEN ÜBER'N IMPFSTOFF!
DA WÄR ICH HEUTE NOCH FROH!
JA. DEN LEUTEN GEHT'S NICHT SCHLIMM GENUG! DIE ERLEBEN DAS ELEND NICHT WIE WIR DAMALS!
NEIN. WAR JA NICHT NUR FRÄNZCHEN.
NEIN. WAR NICHT NUR FRÄNZCHEN.

WAS IST MIT SCHMUSEBÄR?
IST GEIMPFT UND GETESTET.
NEIN, ICH MEINE ...
KEINE MASKE, KEIN ABSTAND. IM GEGENTEIL.
WAS IST DAS GEGENTEIL VON ABSTAND?
SCHMUSEN.
ACH JA.
SCHMUSEN! ICH KRIEG PICKEL HIER! DA IST DOCH SEX IM SPIEL!!
HÖCHSTENS EROTIK. ANDERE LASSEN SICH MASSIEREN, ICH LASSE MICH BESCHMUSEN. UND?
DER KERL IST STRUNZGEIL UND BEHAART!
IST JA KEIN NACHTEIL. ICH HAB MORGEN FRÜH DEN NÄCHSTEN TERMIN.
ICH MUSS NOCH ZUM GELDAUTOMATEN!
MORGEN FRÜH?!
JA, ER SCHMUST AM LIEBSTEN FRÜHMORGENS. DA IST ES GANZ WARM IN SEINEM BETT. UND WIE ER RIECHT!
LUDGER, DU WIRST FÜR MICH ZUM PROBLEM!

DU GEHST MORGENS UM NEUN ZU ROMANO PANNACOTTI UND LEGST DICH ZU IHM INS BETT?!
JA, AUS DER GRAUEN NOVEMBER-KÄLTE REIN INS WARME KUSCHELBETT!
WIE MUSS ICH MIR DAS VOR-STELLEN?! DU KLINGELST UND -
ER LÄSST MICH REIN.
ER LÄSST DICH REIN?!
DANN STEHT ER MEIST VER-SCHLAFEN AN DER TÜR. NACKT, BIS AUF DIE BOXERSHORTS.
DER STEHT NACKT AN DER TÜR?!
BIS AUF DIE BOXERSHORTS.
UND LÄSST DICH REIN?!
UND DANN?!!
WIR SCHLÜPFEN UNTER DIE BETTDECKE, ICH NACKT, ER NACKT. DA LEGT ER SEINE HAARIGEN ARME UM MICH UND ICH MEINE NASE AUF SEINE BEHAARTE, WARME, DUFTENDE BRUST. MANCH-MAL SCHNARCHT ER DANN LEISE.
ER SCHLÄFT?! FÜR HUNDERT EURO?!
ER IST SOO SCHÖN...
MOMENT... STOPP! ER LÄSST DICH REIN?!!

NA UND ?! DU WURDEST DAMALS GEGEN WINDPOCKEN GEIMPFT UND GEGEN SCHAR- LACH UND MASERN !
NAJA, MASERN ! DIE KOMMEN JA AUCH NICHT SO OFT VOR !
NA, WARUM WOHL ?!
MILLIONEN SIND GEGEN CORONA GEIMPFT ! KOMMEN DENEN DIE NASENPOPEL AUS DEM REKTUM ?!
DA SIND VIELE LEUTE TOTGE- GANGEN ! DAS SAGEN DIE UNS ABER NICHT !
IMFEN TÖTET ! LASST EUCH NICHT IMFEN !
WER SAGT DAS ?
NA, KEINER !
WER SAGT, DASS DA VIELE LEUTE GESTORBEN SIND ?!
HIER, DIE FRAU IN DER FUSSGÄNGER- ZONE !
IMFEN TÖTET ! LASST EUCH NICHT IMFEN !
SIE SAGT, CORONA KOMMT VON VEGANER LEBERWURST ! ES GAB WIRKLICH MAL GROBE VEGANE LEBER- WURST, ABER JETZT GIBT ES NUR NOCH FEINE ! HIER, ICH GEB SIE DIR MAL !
NEIN, NEIN, ICH BIN ÜBER- ZEUGT ! ICH LASS MICH NIE WIEDER IMPFEN !
OH PAPI, DA BIN ICH ABER FROH !

HERR VERLEGER, ICH WARTE SEIT ZWEI MONATEN AUF MEIN HONORAR!
ACH?! WURDE DAS NOCH NICHT ÜBERWIESEN?
NEIN!
ACH!
SAG NOCH EINMAL ACH, UND ICH KOMM ZU EUCH RÜBER!
AUF WELCHES HONORAR WARTEST DU DENN GENAU?
BARRY HODEN! ICH BIN DEIN BARRY HODEN-AUTOR, ERINNERST DU DICH AN MICH?!
ACH?!
BIST DU GRAD SEHR KNAPP BEI KASSE?
WARUM, SOLL ICH EUCH WAS ÜBERWEISEN?!
NEIN, NEIN, IST NUR SO… WIR HABEN DIE LIZENZEN VON MECHTHILD LAVENDEL GEKAUFT!
WER IST MECHTHILD LAVENDEL?!
PAUL, SCHWULE EROTIK GEHT HEUTE NUR NOCH, WENN SIE VON FRAUEN FÜR FRAUEN GESCHRIEBEN WIRD!
UND DAS HEISST?!
DEIN HONORAR IST AUF DEM KONTO VON MECHTHILD LAVENDEL
ACH?!

ICH WEISS NICHT, WARUM DU DICH SO AUFREGST! ICH GÖNNE ES LUDGER! ER HATTE NIE VIEL SEX!
ER HAT IMMER NOCH KEINEN SEX, FÜR HUNDERT EURO!!
UM WEN GEHT'S DENN EIGENTLICH?
GEHT MAL AUF GAYROYAL SCHMUSEBAER-KOELN!!
NA, WENN IHM SCHMUSEN REICHT...
SCHMUSEN! ICH KANN S NICHT MEHR HÖREN!! SCHMUSEN!
IM BETT MIT DIESEM TIER, UND LUTSCHER LUTSCHT NICHT?!
DA MUSS MAN DOCH... POPPERS, RIMMING, TITTENTRIMM!!! DA KANN MAN DOCH NICHT NUR... NICHT NUR...
SCHMUSEN?
AAARGH!!!
OH GOTT DER IST DAS?!

SOLL LUDGER MIT DEM KERL SEINEN SPASS HABEN UND BEZAHLEN! WAS ER MIT SEINEM GELD MACHT, GEHT UNS DOCH NICHTS AN!
MICH INTERESSIERT AUCH NICHT SEIN KONTOSTAND!
SAG DU DOCH AUCH MAL WAS!
WAS ?!
ICH MEIN MEINEN MANN!
HALLO?
MIT DIESEM TIER IM BETT... ICH WÜRD DEM SO WAS VON QUER DURCH DIE... ABER HALLO! DEM WÄR ICH SO TIEF DRIN IM... DEM WÜRD ICH MIT DER... DER SOLLTE MIR MAL AUF'M... ICH WÜRD SCHLUCKEN! DEM WÜRD ICH ABER GAANZ TIEF...
ENDLICH MAL 'NE ANGEMESSENE REAKTION!

HIER, JUNGE... HAST DU TAUSEND EURO!
WAS?
KAUF DIR WAS SCHÖNES!
PAPI, DAS SIND ZEHN MAL HUNDERT EURO!
NA, BEI DIR HABEN SICH DIE SCHULBÜCHER JA GELOHNT!
OH SCHEISSE...
SOLLTE 'NE FREUDE SEIN, KEINE ZUMUTUNG!

EDELTRAUT KRIEGT AUCH TAUSEND EURO! ABER NUR, WENN SIE SICH IMPFEN LÄSST UND HERKOMMT!
ICH KANN DAS NICHT ANNEHMEN.
JUNGE, WAS SOLL ICH DENN DAMIT?! BANJO SPRINGEN?!
JA, ABER...
ICH KRIEG DOCH 'NE GUTE RENTE!
WER WEISS, WIE LANGE ICH NOCH HIER SITZE! DU BIST JUNG, LASS ES DIR GUT GEHEN!
JA, ICH FÜRCHTE, DAS MACH ICH.
WENN DU'S NICHT NIMMST, KRIEGT'S EDELTRA-
OK, ICH NEHM'S!

TAUSEND EURO?!
PAPI GIBT MIR TAUSEND EURO?!
WENN DU DICH IMPFEN LÄSST UND ES DIR ABHOLST!
WENN WAS?!
WENN DU DICH IMPFEN LÄSST!
UND ES DIR ABHOLST!
WENN ICH'S MIR ABHOLE?!
UND DICH IMPFEN LÄSST! SONST GIBT ER'S MIR!
SONST GIBT ER'S DIR?!
JO.
BOAH, DER IST SO KORRUPT!
STÖHN...

PASS AUF! DU SAGST PAPI, ICH LASS MICH NICHT IMPFEN! DANN GIBT ER DIE TAUSEND EURO DIR!
JA, GUTE IDEE!
UND DANN GIBST DU SIE MIR!
HAST DU MICH GEHÖRT?!
JA, ICH HAB DICH GEHÖRT.
GUT. MUSS PAPI JA NICHT WISSEN! LASS DIR DAS GELD GEBEN UND GIB'S MIR!
OK.
NA SUPI!
WENN DU DICH IMPFEN LÄSST UND ES DIR ABHOLST!
?!!

ICH BLEIBE ZWANGSOPTIMISTISCH! ANDERS HALT ICH DAS IN DIESER JAHRESZEIT NICHT AUS!
JA, STIMMT SCHON, ABER...
.. JETZT AUCH NOCH DIE SÜDAFRIKANISCHE VARIANTE ...
NA EBEN! VIELLEICHT SCHLÄGT MUTTER ERDE JA JETZT ZURÜCK! VIELLEICHT MUTIERT DAS VIRUS SO SCHNELL, DASS ES DER MENSCHHEIT MAL ECHT ANS EINGEMACHTE GEHT!
WIE DAMALS DIE PEST, SO WAS! WOBEI, NEIN, BEI DER PEST BLIEB JA EIN DRITTEL DER PAPPNASEN ÜBRIG! NEE, CORONA MÜSSTE MAL SO RICHTIG FLÄCHENDECKEND ABGRASEN! DER PLANET WIEDER FÜR DIE TIERE! WEG MIT UNS!
DEIN ZWANGSOPTIMISMUS IST WIRKLICH BEEINDRUCKEND!
JA, ICH VERLIER NIE DIE GUTE LAUNE!

WISST IHR, WAS IHR DA VERLANGT FÜR TAUSEND EURO?! VOM IMPFEN KRIEGEN JUNGE SCHWANGERE FRAUEN TROMPESEN!!
DU BIST WEDER JUNG NOCH SCHWANGER!
UND DU BIST'N ALTER FETTER SCHWULER MIT ÜBERALL SCHWACHSTELLEN!
DU BIST AUCH FETT.
ICH BIN ÜBERALL ABGESAUGT! ICH BIN FORMSCHÖN GERUNDET!!
DU HAST DOCH KEINEN SEX MEHR!
WAS?
VON WEIBLICHER ATOMERIE HAST DU SCHWULER KEINE AHNUNG!! ICH HAB'N GROSSEN, MUSKELÖSEN KERL ZUHAUSE, AUF DEN DU SCHARF BIST UND DER MICH VIERMAL DIE WOCHE PENESIERT!! DEIN PIMMEL IS'N SENIORENSTIFT!!!
ICH HAB KEINEN SEX MEHR?! ICH HAB-
...UND TSCHÖ!!
CLAC!
...KEINEN SEX MEHR?

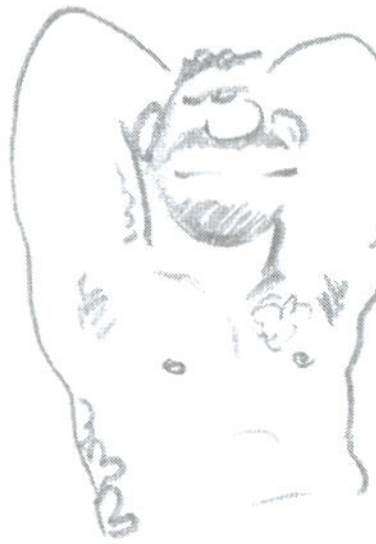

JETZT WEISS ICH ENDLICH, WAS MEINE SCHWESTER ÜBER MICH DENKT!
WAS DENKT DENN DEINE SCHWESTER ÜBER DICH?
SIE DENKT, ICH HAB KEINEN SEX MEHR!!
BRAHMS
DAS IST JA VOLLKOMMEN ABSURD.
SIE SAGT, ICH BIN GRAU UND FETT!!
KEIN GRUND, NICHT ANDAUERND SEX ZU HABEN!
EBEN! VON GRAUEN DICKEN BÄREN HAT DIE AUFGEPUMPTE SCHLAMPE KEINEN SCHIMMER!!!
BRAHMS
NA NA…
MEINST DU, ES GIBT DA DRAUSSEN NOCH WELCHE, DIE DENKEN, ICH HÄTTE KEINEN SEX?! DAS IST RUFSCHÄDIGEND!
ZUR NOT BIN ICH ZEUGE!
BRAHMS
WIR HATTEN SEX AM NEUJAHRSTAG! ICH ERINNERE MICH NOCH GENAU!
UND ER WAR GUT.
ER WAR SEHR GUT!
BRAHMS

MELDE DICH BEI IHM!
ICH MELDE MICH DREIMAL AM TAG BEI IHM! ER ERZÄHLT MIR NUR, DASS ER BESCHMUST WIRD!
NICHT BEI LUTSCHER, BEI DEM SAHNE-PUDDING!
MACH DICH WIEDER ZUM HAMPELMANN! IST JA 'NE WEILE HER SEIT DEM KRACHER.
KNALLER! ER HIESS KNALLER! UND ICH BIN KEIN HAMPELMANN!
DEIN VATER HAT DIR TAUSEND EURO GEGEBEN! DAS IST EIN ZEICHEN!
ICH KANN NICHT NUR SCHMUSEN MIT DEM!
DER MACHT DIE TÜR AUF, DA KLEBT IHM SCHON MEINE NASE AM DAMM! UND DANN SCHMEISST ER MICH GLEICH WIEDER RAUS!
DANN HATTEST DU IMMERHIN MAL DIE NASE AM DAMM!
PAUL, TU'S! WIR WARTEN ALLE DRAUF!
GÄHN...
UNTERSCHÄTZT NICHT MEINE SELBSTDISZIPLIN!

NEIN, ICH MACH DAS NICHT! WENN ICH MIT DEM UNTER DER BETT-DECKE LIEGE, IST ES UM MICH GESCHEHEN!
ACH, ES IST SCHON SO OFT UM DICH GESCHEHEN! WAS SCHON ALLES UM DICH GESCHAH!
DAMALS DER SPANISCHE BAUARBEITER!
OH GOTT... RAMON!
DER TÜRKISCHE DEALER!
GÖKHAN!
DEIN EIGENER SCHWAGER!
PORKY... DEN VERDRÄNG ICH IMMER!
ABER BEI KEINEM GING ES UM SCHMUSEN! WAS, WENN ICH KONRAD VERLASSE UND MITTELLOS WERDE UND IN DER GOSSE LANDE?!
WIR KOMMEN DICH ALLE BESUCHEN!
UND DU FINDEST AUCH IN DER GOSSE IRGEND'N GEILEN HAARIGEN PENNER!
MEINST DU WIRKLICH?

GAYROYAL, SCHMUSEBAER-KOELN! DA STEHT „NUR SCHMUS MEIST!"
MEIST! ER SCHMUST MEISTENS! ALSO LÄSST ER AUCH BLASEN!
HAST DU DIR DEN BART GEFÄRBT?
NEIN.
ZÜCK DEN HUNDERT-EURO-SCHEIN, UND RAN AN DEN HÜFTSPECK!
ICH WILL DAS GAR NICHT WISSEN!! ERZÄHLT MIR DOCH SOWAS NICHT!!
ICH DACHTE, NUR SCHMUSEN IST DAS PROBLEM?
KLAR, BLASEN IST KEIN PROBLEM ODER WAS?! ICH KRIEG DOCH VON DEM NICHT GENUG! ICH KANN DEM DOCH NICHT PAPIS TAUSEND EURO IN DIE ARSCHRITZE STECKEN!
WIESO NICHT? VORHER GUT EINSPEICHELN...
HAST DU DIR DEN BART GEFÄRBT?
NEIN!

DU HAST DIR DEN BART GEFÄRBT!
NEIN, ICH BIN GESTERN MORGEN AUFGEWACHT, UND DER BART WAR SCHWARZ! CORONA!
WAS, ECHT?!
JAA, ICH HAB MIR DEN BART GEFÄRBT! DU KÖNNTEST NONCHALANT DARÜBER HINWEGSEHEN!
SOLL ICH MIR AUCH DEN BART FÄRBEN? ABER BEI MÄNNERN SIEHT DAS JA SCHEISSE AUS.
DANKE!
FRAUEN FÄRBEN SICH SEIT KLEOPATRA DIE HAARE, ABER BEI MÄNNERN SIEHT'S SCHEISSE AUS!
ICH BIN GRAU UND FETT. BESTIMMT FINDET SCHMUSEBÄR MICH NICHT RIMMENSWERT!
PAUL, SCHMUSEBÄR IST DER ESCORT! DU MUSST DICH NICHT HÜBSCH MACHEN! DU MUSST NUR ZAHLEN!
GENAU. ICH BESTIMME, WO'S LANGGEHT!
ABER HALLO!
GEIL.

Hi!
TIPPEL...
WAS HAB ICH GETAN ?!
WAS HAST DU DENN GETAN?
NICHTS, ALLES OK!!

hi ciao paolo! kannst ja mal kommen! schnupper-schmusen!
KANNST JA MAL KOMMEN! WAS SOLL DAS HEISSEN, KANNST JA MAL KOMMEN?!
NA, ZU IHM! KANNST MAL ZU IHM KOMMEN.
MRB
ODER UNTER SEINER SCHMUSEDECKE KOMMEN!
NEIN. DU INTERPRETIERST DA WAS REIN.
DAS IST 'NE EINDEUTIG ZWEIDEUTIGE ANDEUTUNG!
SEUFZ...
PAUL, MACH ENDLICH'N DATE MIT IHM! QUÄL DICH NICHT WEITER UND UNS AUCH NICHT!
SCHNUPPERSCHMUSEN KLINGT AUCH ZIEMLICH KINKY!

Ok. Wann soll ich kommen?
TIPPEL TIP...
ICH HAB IHN GEFRAGT, WANN ICH WO KOMMEN SOLL! NICHT WOHIN, WO! HA!
DAS NENN ICH MAL WINK MIT DEM ZAUNPFAHL.
GANZ GENAU!
UM MEINEN ZAUNPFAHL KOMMT ER NICHT DRUM RUM! DA SOLL ER UNTER DER SCHMUSEDECKE MAL NICHT ÜBERRASCHT TUN! WENN SCHMUSEN, DANN ZAUNPFAHL!
ER WIRD VERSTÄNDNIS HABEN UND IHN HÖFLICH IGNORIEREN.
GEHT NICHT, ICH WINKE!
ROLI

ICH HAB DEINE TAUSEND EURO DOCH GAR NICHT! RUF PAPI AN, DU DOOFE KUH!!!
STÖHN ...
DEINE SCHWESTER IST EINE BEMERKENSWERTE FRAU.
DAS IST KEINE FRAU, DAS IST'N CARTOON-CHARAKTER!
PAUL, MIT DER VIERTEN WAND SOLLTE MAN SEHR SPARSAM UMGEHEN.
WAS FÜR'NE WAND?

SOLL ICH MIR MAL DEN BART FÄR-
NEIN.
ICH SEH DANN WOMÖGLICH JÜNGER AUS.
IM GEGENTEIL! EIN UNNATÜR-LICH DUNKLER BART KONTRAS-TIERT UNVORTEILHAFT MIT ALTERNDER PHYSIOGNOMIE.
JA, FIND ICH JA AUCH.
WARUM DANN BART FÄRBEN?
WEISS NICHT, EINFACH, UM WAS ZU TUN! MAN KANN SICH JA IRGENDWIE BESCHÄFTIGEN, WÄHREND MAN ALT WIRD! 'NE WEILE GEFÄRBT AUSSEHEN, UND?
VIELLEICHT FÄLLT JA EINER DRAUF REIN...
MACH SPORT, HALT DICH FIT! DANN SIEHST DU AUCH JÜNGER AUS!
ODER NACH SENIOREN-BEWEGUNGS-PROGRAMM.
WER SOLL DENN DRAUF REIN-FALLEN?
ACH, VERGISS ES...

Sonntag dritte advent 18 uhr
PAUL, ES IST NACH MITTERNACHT. WAS IST AM DRITTEN ADVENT, 18 UHR?
NA, WAS IST WOHL AM DRITTEN ADVENT, 18 UHR?!
STÖHN...
WIR ZÜNDEN DAS DRITTE KERZCHEN AN. WENN DU ZUR CHRISTMAS AVENUE WILLST, OHNE MICH! ICH SCHIEB MIR DA KEINE GLÜHWEINTASSE UNTER DIE SCHUTZMASKE!
AM DRITTEN ADVENT SCHLÜPFE ICH UNTERS BÄRENFELL!
UND ICH HOFFE, ES WIRD NICHT NUR ADVENTLICH GESCHMUST!
NEIN, ER MACHT DIR BESTIMMT DAS KLÄPPCHEN AUF...

KLAR, PAUL, MACH DICH WIEDER ZUM HAMPELMANN!
DASS DIR DEIN VATER GERADE JETZT SO VIEL GELD GIBT, IST EIN ZEICHEN!
DU BIST FAST SECHZIG! ACHTE AUF DEINE WÜRDE!
STÖHN...
SCHEISS AUF WÜRDE! ZÜCK DEN TAUSEND-EURO-SCHEIN, UND RAN AN DEN ARSCH!
ABER DEIN VATER GAB DIR DAS GELD FÜR SINNVOLLES!
STÖHN...
WAS HAT MEHR SINN IM LEBEN ALS EIN GUTER RIMJOB?
ANDERERSEITS...
WAS IST LOS?
?!
WAS SOLL LOS SEIN?
DU SITZT DA UND STÖHNST!
ICH STÖHNE?
ICH DACHTE SCHON, DU HOLST DIR EINEN RUNTER ODER SO...
ACH, TÄTE ICH'S DOCH NUR, TÄTE ICH'S DOCH!
WAS?
SCHON GUT...
STÖHN...

ICH BIN COOL!
PAOLO!
CIAO, BUONA-
-SERA!
?!!
FIEP...

ÄH ... VA BENE.
BIST JA GEIMPFT? ODER?!
OK ...
KOMMST MIT ZU SCHMUSEDECKE?
SCHNAUF ...

HAHA DU BIS NIEDLICH!
ICH MAG KLEIN BÄRCHEN!
NEBEN DICH DAS IS WINNIE POOP! HA HA, DEN HAB ICH SCHON DREISSIG JAHR! MEIN ERSTE BÄRCHEN! SIEHT WIE DU AUS!
HI…
MACHST DICH NACKT!
DEM BESSER SCHMUST WIE WINNIE POOP DEM HEIRAT ICH! PAOLO!
STRENGST DICH AN!
?!
EIGENTLICH BIN ICH IN EINER BEZIEHUNG, ABER ICH KÖNNTE NATÜRLICH –
WAR WITZ, MANN!
ACH SO!

HEY, PAOLO! WAS TRINKSDU?! KÖLSCH?!
NATUR-SEKT.
WAS?
COLA! FANTA!! MIR EGAL!
VINO! VINO ROSSO!
IST BALD WEIHNACHTEN!
OOH, IHR ZWEI SEHT SO SÜSS AUS...
WAS HAT ER VOR, 'N DREIER?!

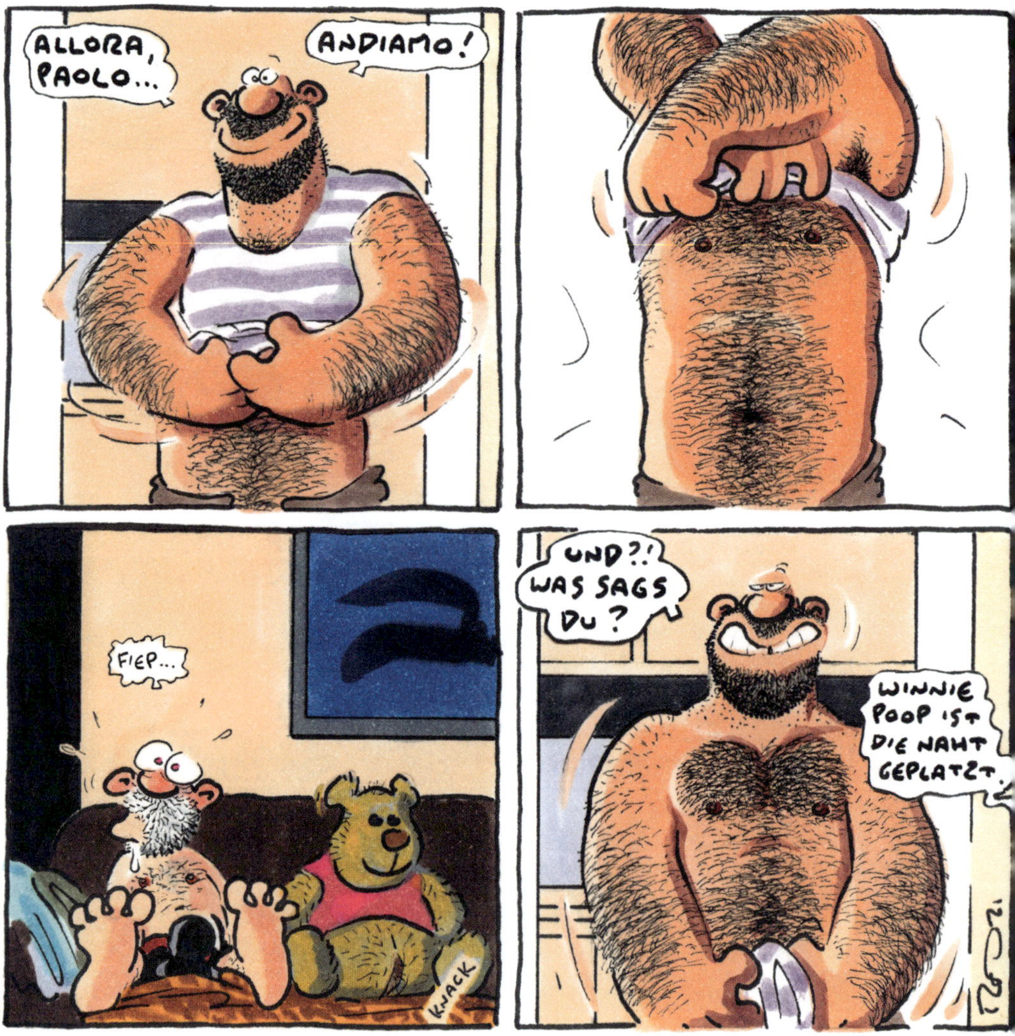
ALLORA, PAOLO...
ANDIAMO!
FIEP...
KNACK
UND?! WAS SAGS DU?
WINNIE POOP IST DIE NAHT GEPLATZT.

PAOLO, NUR SCHMUSEN!
ICH SCHMUS JA!
ABER DA UNTEN DRÜCKT JEMAND AN MEIN BAUCH...
JA! DER SCHMUST AUCH!
IS ABER SO GEFÜHL DER WILL DA WO REIN!
ACH, IST DEIN BAUCH-NABEL SCHMUSEFREIE ZONE?
PAOLO, NUR SCHMUSEN!
ICH SCHMUS DOCH NUR!!

FUCK, WIE DU RIECHST...
KANN NÄCHSTMAL DUSCHEN.
AUF KEINEN FALL!!
ICH SCHMUS MICH MAL IN DIE UNTEREN DUFTNOTEN. BIS GLEICH.
PAOLO, SCHMUS NUR OBEN!
ABER ES HEISST DOCH SCHNUPPERSCHMUSEN!
JA, SCHMUS IS HEUT NUR TEST, OB DAS HIER WAS FÜR DICH IS!
DAS IST HIER WAS FÜR MICH!
GUT.
DARF ICH MAL DEINE NIPPEL LECKEN?
NUR SCHMUS...
BOAH, IST DAS HIER WAS FÜR MICH?!

GRUNZ...
MIR WIRD SO EMBRYONAL...
GUT. HAST DU MAL DAUMEN GELUTSCHT?
WAS? NEIN.
HM.
MEINE SCHWESTER MACHTE DAS, BIS SIE MÖPSE KRIEGTE, UND DANN STIEG SIE UM!
ICH HAB LANG DAUMEN GELUTSCHT.
AH JA?
WILLST DU MEIN DAUMEN LUTSCHEN?
IST DAS NOCH BLÜMCHEN-SEX ODER SCHON SM?!
IST SCHMUS.
NICHT SO FESTE, MANN! LANGSAM...
SCHMATZ...

AM DAUMEN GELUTSCHT? ER HAT DIR SEINEN DAUMEN ...
... IN DEN MUND GESCHOBEN.
UND DU HAST IHN GELUTSCHT?!
ES WAR EHER DEEP THROAT.
NAJA, IST VIELLEICHT IM ALTER SO! WIR SIND ERST KLEIN UND LUTSCHEN AM DAUMEN, DANN SIND WIR GROSS UND LUTSCHEN 'NE ZEITLANG PIMMEL, UND ZUM ENDE KOMMEN WIR WIEDER ZURÜCK ZUM DAUMEN!
DU SOLLTEST DICH MANCHMAL SELBST HÖREN!
WIR MÜSSEN LERNEN, DIE ZYKLEN DES LEBENS ZU AKZEPTIEREN!
DAS WAR'S NOCH NICHT! ICH SCHMUS ZURÜC

WENN DEIN VATER DIR TAUSEND EURO GEGEBEN HAT, KANNST DU DIR DOCH ZU WEIHNACHTEN DAS NEUE NOTEBOOK LEISTEN.
JA, JA …
ICH FAHRE HEILIGABEND ZU GUIDO UND TINA IN DIE EIFEL! WAS MACHST DU? KOMMEN LUTGER UND JÖRG UND HANNES?
JA, JA …
KEINE AHNUNG, WEIHNACHTEN … NIE WAR WENIGER WEIHNACHTEN WIE DIESMAL!
ALS.
ICH WERD KURZ PAPI BESUCHEN, UND DAS WAR'S MIT WEIHNACHTEN. HAUPTSACHE, DU MACHST DEN ENTENBRATEN MIT KLÖßEN!
ICH WERD MIR EIN PAAR HASCHKEKSE GENEHMIGEN UND NETFLIX UND PORNOS GLOTZEN UND FESTLICH VERGAMMELN! DAZU KOMMT ENTENBRATEN GUT!
MACH RUHIG DEN KÜHLSCHRANK VOLL!
MIT ROTKOHL!
DIE ENTE GIBT ES WIE IMMER ERST AM ZWEITEN WEIHNACHTSTAG! MIT BRIGITTE UND MEINER MUTTER!
WAR'N VERSUCH.

PAUL, WENN DU MEINST, DU WIRST ZU DICK ... DEN GANZEN TAG SPEKULATIUS KNABBERN HILFT DIR DA NICHT WEITER!
WAS, ECHT?
BIST DU WAHNSINNIG?! DANN STELL SOWAS NICHT AUF DEN TISCH!
ICH ESSE AB UND ZU GERN ETWAS WEIHNACHTSGEBÄCK, ABER DER TELLER IST STÄNDIG LEER!
JETZT, WO DU'S SAGST ... MIR WAR GESTERN BESTIMMT SCHLECHT VON DIESEM MARZIPANBROT!
DAS EIGENTLICH FÜR MEINE MUTTER GEDACHT WAR ...
... ABER DIE ZUCKERBÄCKER HABEN JA NOCH AUF!
GENAU, DIESE KLEINEN SCHOKOLADENFLÄSCHCHEN, WO EIERLIKÖR DRIN IST!!
DIE MACHEN AUCH DICK.
... NICHT DEIN ERNST?!

DU HAST MIT SCHMUSEBÄR GESCHMUST ?!
JA, ABER FÜR UMSONST.
WIE: UMSONST ?! DU HAST NICHT GEZAHLT ?!
ER FINDET MICH NIEDLICH.
DU BIST NICHT NIEDLICH, DU BIST ACHTUNDFÜNFZIG!
LITTLE THINGS... LIKE YOUR SLEEPY SMILE
ER HAT'N ALTE-PLÜSCHTIERE-FETISCH, DA PASS ICH WOHL REIN! ALSO, WANN KOMMST DU HEILIGABEND?
HABT IHR NUR GESCHMUST ?!
JA, JA...
WAS, JA, JA ?!
ICH MACH IRGEND'N KARTOFFELSALAT VON KÜHNE UND WÜRSTCHEN HEISS. WOMÖGLICH GIBT'S SOGAR SENF!
HABT IHR NUR GESCHMUST ?!
NAJA, ES KAM GEWISSERMASSEN ZU SO ETWAS WIE ORALVERKEHR.
FÜR UMSONST ?! DU HAST NICHTS BEZAHLT ?!
WAR NICHT MEINE IDEE! ER SCHOB IHN MIR PLÖTZLICH IN DEN -
ICH HASSE DICH.
ER HAT SOGAR HAARE AM DAU-
CLAC!
-MEN!
?!
LUTSCHER?
NUN WARTE DOCH AUF DIE POINTE!

ACH, LUTGER KOMMT NICHT?
HAT MAGEN-DARM.
ABER JÖRG UND HANNES?
FAHREN DIESMAL ZU HANNES' MUTTER. DIE HAT LEBER.
UND DU DANN?
ICH VERGAMMEL! ICH HAB KEKSE UND ABBA UND CHRISTMAS DINNER AT DEATH DOOR!
WAS IST DAS, NETFLIX?
PAUL, MAN KANN SICH DES WEIHNACHTSFESTES TROTZIG VERWEIGERN ODER ES HEIMELIG FEIERN! FRAGT SICH, WAS GLÜCKLICHER MACHT!
TROTZIG HEIMELIG VERGAMMELN!
KOMM DOCH MIT ZU TINA UND GUIDO! GUIDO MAG DICH, DU BIST SEIN IDOL! ER BEDAUERT SEHR, HETEROSEXUELL ZU SEIN!
LASS MAL... ICH GLAUB NICHT MEHR ANS CHRISTKIND! ICH TELEFONIER KURZ MIT PAPI, UND DANN FRIEDE AUF ERDEN!
ABER-
FRIEDE AUF ERDEN!
NA GUT. WAHRSCHEINLICH WÜRDE DICH BEI ALL DEM FAMILIEN-TROUBLE DA DRAUSSEN MANCH EINER BENEIDEN! VERGAMMEL SCHÖN!
BRING MIR WAS VON TINAS NACHTISCH MIT!
NEIN.

WAS HAST DU GEKAUFT?! 'NE VEGANE WEIHNACHTSGANS?!
SCHMECKT SO GUT WIE'NE RICHTIGE.
SCHMECKT NACH PAPPE WIE DEIN VEGANER LEBERKÄSE!!!
GUIDO...
DAS PRODUKT KOMMT AUCH AUS POLEN!
VOLL AUTHEN-TISCH!
WEIHNACHTEN IST NICHT AUTHEN-TISCH!
ER MEINT ES JA GUT... WOKE-NESS! DIE JUNGEN WOLLEN KEINE TIERQUÄLEREI MEHR!
SOGAR DIE KNOCHEN KANN MAN MITESSEN! PROTEIN-KRÄCKER!
WAS MEINST DU, KONRAD?
ICH KANN NICHT GLAUBEN, DASS SIE AUS SOJA GANZE GÄNSE FORMEN...
ES HAT SOGAR'N BÜRZEL!
JA, VOLL ECHT!

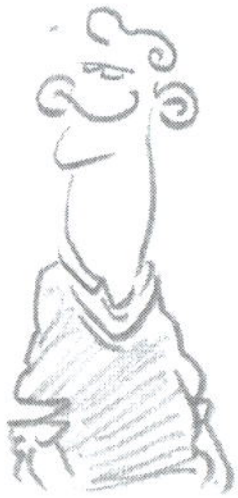

DIE WOLLEN JETZT HASCH LEGALISIEREN! SAGTEN SIE IM DEUTSCHLANDFUNK! DIE FELD-BAUERN STEHEN SCHON IN DEN STARTLÖCHERN, SAGT SVEN ÖTZEMICH!
CEM ÖZDEMIR!
UND ES NENNT SICH HEUTE CANNABIS, NICHT HASCH.
BEVOR DIE DAS ERLAUBEN, BRING MIR NOCH ILLEGAL WAS VON DEM SCHWARZEN AFGHANEN UND DEM ROTEN LIBANESEN! WIRD DANN ALLES TEURER MIT DEN STEUERN!
ICH GLAUB DAS NOCH NICHT! WIRK-LICH? DAS KAM IN DEN NACHRICHTEN?
UND KARL LAUTERBACH SAGT, LIEFERPROBLEME WIE BEI DEN IMPFSTOFFEN WERDEN SICH NICHT WIEDERHOLEN!
WIE IST DAS GEMEINT?
ES GIBT FÜR ALLE DEUTSCHEN GENUG HASCH!

ICH DACHTE, IGITTE UND DEINE MUTTER SIND HIER!?
SIE HEISST BRIGITTE UND NEIN ... WIE DU SIEHST ...
WAS IST LOS?
BOAH, DAS RIECHT GEIL ...
OMIKRON IST LOS.
WOW! KLINGT WIE'N JAPANISCHER MONSTERFILM! DER OMIKRON STAPFT ÜBER'N KÖLNER DOM!
ABER DU WEISST, WOVON ICH REDE?
JA, ICH HÖRE NACHRICHTEN.
MEINE MUTTER WEISS NICHT, WER ICH BIN, UND ENTSETZT SICH ÜBER DIE MASKEN. UND IGITTE TRAUT SICH NICHT HER, WEIL SIE MEINT, DU VERKEHRST WOMÖGLICH MIT VIRUSTRÄGERN!
DU HAST IGITTE GESAGT!
UND WAS WEISS DIE ÜBER VERKEHR?
SIND DAS DA SELBSTGEMACHTE KLÖßE?
MORGEN KOMMT WEDER LUDWIG NOCH MILLIE! WIR HABEN ALSO JEDE MENGE ENTENFLEISCH IM OFEN!
BOAH, LASS UNS FRESSEN!!
HEMMUNGSLOS!

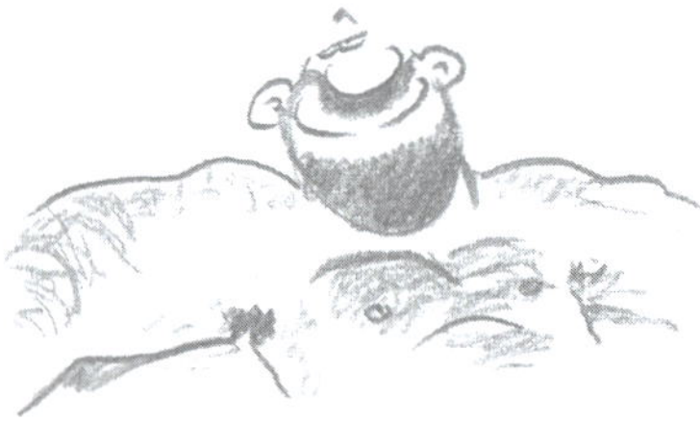

WIR WERDEN ALLE GEBOOSTERT UND GETESTET SEIN, ABER WIR SIND SILVESTER TROTZDEM ELF PERSONEN! WIR MÜSSEN JEMANDEN AUSLADEN!
NA TOLL! BIST DU WIEDER SUPER-KORREKT!
WEN HABEN WIR DENN AM WENIGS-TEN LIEB?
ICH KANN MIR VORSTELLEN, DASS IGITTE ...
BRIGITTE KOMMT! ICH MUSSTE SIE LANGE ÜBERREDEN!
WAS IST MIT DIESEM LUDWIG?
AH.
DER IST SEHR REIZEND, DIESER LUDWIG!
VIELLEICHT KÖNNEN JA JÖRG UND HANNES WOANDERS FEIERN?
FINDEST DU JÖRG UND HANNES NICHT REIZEND?
DAS HAB ICH NICHT GESAGT! ABER WIR SIND EINE PERSON ZU VIEL!
UM NOCHMAL AUF IGITTE ZURÜCK-ZUKOMMEN...
STÖHN...

KÖNNEN WIR DAS NOCH KLÄREN, IM ALTEN JAHR?!
VERSUCH'S DOCH MAL.
ES WAR SCHNUPPER-SCHMUSEN! DARUM WAR'S UMSONST!
UND ER HAT MIR NICHT SEINEN GESCHLECHTSDINGS IN DEN HALS GESCHOBEN, SONDERN DEN DAUMEN!
DEN DAUMEN.
IRGEND'N PRÄ-PUBERTÄRER FETISCH!
KLAR.
KUSCHELBÄREN! DAUMEN LUTSCHEN! FRAG MICH NICHT...
BESTIMMT NICHT.
HÄTTE ER MICH GENÖTIGT, SEINEN SCHWANZ ZU LUTSCHEN, ICH HÄTTE AUS SOLIDARITÄT MIT DIR ABGELEHNT!
?!
WAS MUSS ICH MIR HIER ANHÖREN?!
OK, DER WAR DRÜBER.

NA GUT, VERGESSEN WIR'S! DANN EBEN KEIN SILVESTER!
WAS?
ZEHN FLASCHEN CHAMPAGNER IM KÜHLSCHRANK! TOLL!
WAS IST DENN LOS?!
TINA UND GUIDO KOMMEN LIEBER NICHT, LUDWIG HATTE WEIH-NACHTEN SEINE UNGEIMPFTE SCHWESTER AM ESSTISCH UND IST LIEBER VORSICHTIG, UND BRIGITTE HAT SOWIESO BAUCH-SCHMERZEN!
IGITTE KOMMT NICHT?!
OCH...
HÖRST DU MIR ZU? KEINER KOMMT!
JÖRG UND HANNES KOMMEN!
OK, DAS SIND EHER DEINE FREUNDE...
DAS STIMMT.
SOLL ICH SIE AUSLADEN? DANN SIND WIR ZWEI SILVESTER WIEDER ALLEIN, UND GUT IST'S!
WÜRDEST DU DAS TUN?
WENN DU DICH UN-VERHÄLTNISMÄSSIG BETRINKST, MIT MIR ZU ABBA TANZT UND MIR BEI BEDARF DEN EINEN ODER ANDEREN BLÄST!
ICH GEB MEIN BESTES.

OK, BRAUCHEN WIR NOCH WAS FÜR HEUTE ABEND?
WAS? DER KÜHLSCHRANK PLATZT!
UND DU WILLST WIRKLICH KEINEN KEKS?
ACH ... LEGALER CHAMPAGNERRAUSCH IST ALTBEWÄHRT.
SOGAR MEIN VATER SCHNEIDET IM SENIORENHEIM DEN KUCHEN AN!
DAMALS HAB ICH DEN GANZEN WURSTTELLER LEER GEFRESSEN!
OHNE BROT!
UND DANN MEIN NUTELLA!
WEIL, WENN DU BLAU BIST UND ICH BREIT, DAS KÖNNTE KOMMUNIKATIONSPROBLEME GEBEN!
LALLST DU DANN INTELLEKTUELLER ALS ICH?! DAS KANN ICH NATÜRLICH NICHT RISKIEREN!
HEISST?
NA GUT, EIN VIERTEL KEKS!
COOL!
WIR ESSEN UM 22 UHR DEN ERSTEN KEKS! DANN SIND WIR UM 23 UHR BRITZELBRATZEL, UND 2022 SOLL UNS MAL KOMMEN!
UND UM MITTERNACHT SIND WIR UNZURECHNUNGSFÄHIG.
OH, ICH LIEBE DICH UNZURECHNUNGSFÄHIG!

DU SOLLTES AUFPASSEN MIT DEM SCHAMPANJA! WEIL JETZ KEKS!
NA, PASS DU LIEBER AUF. DU LALLST SCHON.
ICH LALLE MIT ERFAHRUNG!
OHA, DIE SCHMECKEN SCHON SO... ILLEGAL.
DIE SIND GANZ MILD. NIMM ZWEI!
NEE, EINER REICHT MAL ERST.
MACH DICH LIEBER HEMMUNGSLOS! ICH PLANE EINEN SEXUELLEN ÜBERGRIFF!
MIT WEM?
MIT DEM ERSTBESTEN, DER HIER AUF'M SOFFA SITZT!
DAMIT MEINST DU WOMÖGLICH MICH...
ABER HALLO!

PLOP!
ICH WILL ABBA ABBA!!! HÄPPY NJÜ YIEHR!
WIR HÖREN DIE FEUERWERKS-MUSIK VON HÄNDEL!
UND DANACH ABBA!
BUMS! KRACH!!
WIR HÖRN NUR BUMSKRACH! WIE IMMA!
JA, BRAUCHICH NICH. ICH GEH WIEDER REIN.
FEUERWEHRS-MUSIK!
ES IST... SWÖLF!
ALLES GUTE SUM GEBURST- ACH NEE!
HIHI... FROHS NEUS JAHR! ICH LIEBDICH!
JA ICH MICH AUCH!! DICH AUCH!
UND DU WILLS NOCH SEX?! WIR WERN HÖCHSENS... NOCH BISSCHEN SCHMUSEN!
NÄ NÄÄ VON SCHMUSEN KRIEG ICH EIN' HART!!

CHRR...
CHRR...
PLOP!
CHR...
?
KONRAAD!!
HM!
ÄKTSCHN!
BUMM!
ZISCH

STÖHN …
FROHES NEUES! ALLES OK?
MIR IST NOCH EIN BISSCHEN HALLUZINO-GEN …
ICH HAB'S DIR GESAGT! NICHT AUCH NOCH PILZE!
ICH MACH MAL RADIO AN. WANN UND WIE SIND WIR INS BETT GEKOMMEN?
DU AUF ALLEN VIEREN UND ICH AUF DIR REITEND!
WAS?!
WAR'N WITZ!
DAS ALSO IST 2022! INTERESSANT.
JA, ALLEM ANFANG WOHNT EIN ZAUBER INNE.
GUT. ICH WÜRDE SAGEN: NEHMEN WIR!
ZUNÄCHST DIE ÜBERSICHT. ROBERT KOCH-INSTITUT, OMIKRON, QUER-DENKER, SPAZIERGÄNGE, DER RUSSISCHE PRÄSIDENT PUTIN, ERD-ERWÄRMUNG, AFGHANISTAN, CHINAS HONG-KONG-POLITIK, HETZE IM INTER-NET-
ODER KÖNNEN WIR NOCH UM-TAUSCHEN?

JETZT MUSS ICH JEDES MAL VORM YOGA DIESEN SCHNELLTEST GE-MACHT HABEN! UND ICH VERTRAG DIESES STÄBCHEN NICHT DURCH DIE NASE!
ICH HAB VERENGTE NASENLÖCHER, DAS TUT WEH! ALSO STÄBCHEN IN DEN RACHEN! DA HAB ICH GLEICH WÜRGREFLEX UND BIN KURZ VORM KOTZEN!
ICH HAB KEINEN WÜRGREFLEX. HAST DU NOCH WÜRG-REFLEX?
JA, DOCH ... SCHON! INTERESSANTER-WEISE BEI SO LANGEN, DÜNNEN DINGERN. DICKE SIND WENIGER PROBLEMATISCH.
LANG, DÜNN, DICK ... ALLES EINE FRAGE DES TRAININGS.
JA, ENTSPANNUNG MUSS MAN LER-NEN. ABER ICH KANNTE MAL EINEN SCHOTTEN, DER HATTE EINEN –
UNTERHALTET EUCH RUHIG WEITER!

HALLO FRANK …
ICH HAB KUCHEN MITGEBRACHT! IST KONRAD AUCH DA?
NEIN, DER IST WIEDER MIT SEINEM OHRENSTÖPSEL IN WIEN!
MIT WAS? OHRENSTÖPSEL?
EIN SÄNGER. ICH NENN IHN SO, WEIL KONRAD KAUM NOCH OHNE DEN VERREIST!
UND ICH HAB JEDESMAL STURMFREIE BUDE! WIR ZWEI KÖNNEN GLEICH HEMMUNGSLOS SEX MACHEN!
?!
OH, DAS IST … FÜNFUNDZWANZIG JAHRE HER! WILLST DU … ECHT?! VORM ODER NACHM KUCHEN?!
WAR'N WITZ!
ACH SO!
SIEHST DU, ICH BIN SO HUMORLOS! ICH HÄTTE JETZT GLATT MIT DIR SEX GEMACHT!
KAFFEE?
JA. BESSER.

WIR BRAUCHEN KEINEN SICHERHEITSABSTAND! DU KANNST MIR DIE TAUSEND EURO ONLINEBÄNKEN!
ABER PAPI WILL NUN MAL, DASS DU DICH IMPFEN LÄSST!
BOAH, IHR SEID SO RECHTSRADIKAL! DU TUST IMMER SO, ALS WÄRST DU LINKSRADIKAL, DABEI BIST DU NUR RECHTSRADIKAL!!
STÖHN…
WAS GENAU WILLST DU MIR SAGEN?
NA, WENN DIE NAZIS DAMALS DEN DEUTSCHEN GESAGT HÄTTEN: IHR LASST EUCH ALLE IMPFEN, HÄTTEN SIE ALLE DEN ARM GEHOBEN!!!
ICH BIN NAZI?!
DAS GELD VON PAPI STEHT MIR ZU!
ICH KÖNNTE JA MAL EIN BISSCHEN VOR EUREM HAUS SPAZIEREN GEHEN!!!

CH ALSO GEKLINGELT UND DACHTE: SCHEISS AUF SCHMUSEN! DA INVES-TIERG ICH LIEBER IN BLASEN, UND WENN ER NICHT WILL: TSCHÖ!
SEHR GUT!
JA!
UND?

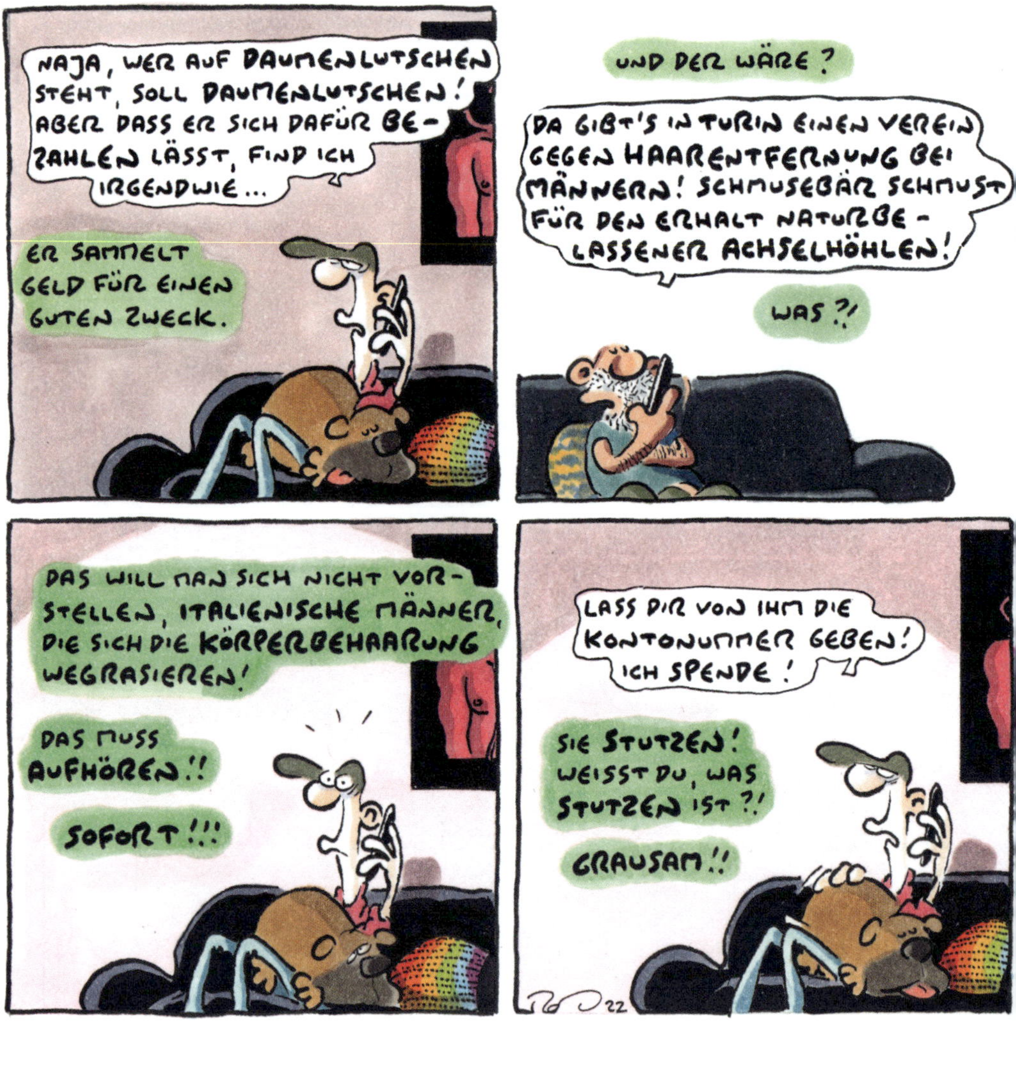
NAJA, WER AUF DAUMENLUTSCHEN STEHT, SOLL DAUMENLUTSCHEN! ABER DASS ER SICH DAFÜR BEZAHLEN LÄSST, FIND ICH IRGENDWIE …
ER SAMMELT GELD FÜR EINEN GUTEN ZWECK.
UND DER WÄRE?
DA GIBT'S IN TURIN EINEN VEREIN GEGEN HAARENTFERNUNG BEI MÄNNERN! SCHMUSEBÄR SCHMUST FÜR DEN ERHALT NATURBELASSENER ACHSELHÖHLEN!
WAS?!
DAS WILL MAN SICH NICHT VORSTELLEN, ITALIENISCHE MÄNNER, DIE SICH DIE KÖRPERBEHAARUNG WEGRASIEREN!
DAS MUSS AUFHÖREN!!
SOFORT!!!
LASS DIR VON IHM DIE KONTONUMMER GEBEN! ICH SPENDE!
SIE STUTZEN! WEISST DU, WAS STUTZEN IST?!
GRAUSAM!!

TROTZDEM … HUNDERT EURO! FÜR 'NE STUNDE KUSCHELN!
ZWEIHUNDERT. ICH HAB'NE STUNDE VERLÄNGERT.
ES IST EINFACH ZU SCHÖN …
ICH VERSUCH MIR DAS VORZUSTELLEN …
DU HAST SEIN FOTO GESEHEN, GAYROYAL, SCHMUSEBAER-KOELN!
ICH WEISS …
MIT DEM UNTER DER WOLL-DECKE! SEIN ATEM AM OHR …
HÖR AUF …
SEIN GERUCH, DIESE SEXY KLEINE ZAHN-LÜCKE, SEINE HAARIGEN ARME UM DICH RUM …
STIMMT. HUNDERT EURO SIND OK …
SAG ICH DOCH.
JETZT, BEI DER GRAU-KALTEN TRISTESSE DRAUSSEN IST DAS WIE WELLNESS! ICH FÜHL MICH DANACH VOLL DURCHGESCHMUST!
VERSTEHE.
PFFT
UND WENN ER FURZT, WIRD'S TEURER?

ES GIBT NOCH INFORMATIONS-BEDARF! HAST DU BEIM SCHMUSEN EINEN HART?
ICH MUSS MIR KURZ VORHER EINEN ODER ZWEI RUNTERHOLEN, DAMIT ICH ENTSPANNT BIN! ABER KLAR HAB ICH EINEN HART!
DU MUSST DIR -
JA.
PAUL, DAS IST IRGEND'N KRANKER SADOMASO!
DARUM HAB ICH JA EINEN HART!
OHNE VIAGRA?!
PFZ!
SAGAT, VERDAMMT!!
ICH NEHME TÄGLICH CIALIS! ZUR PROPHYLAXE.
UND ER? ER HAT DOCH KEINEN HART?
DOCH, DOCH! ZWISCHENZEITLICH VERDICKT ES SICH UND DRÜCKT MIR AUFS STEISSBEIN.
ER KRIEGT EINEN HART?
YEP!
SCHMUSEBAER-KOELN KRIEGT BEI DIR EINEN HART?!!
WAS IST DARAN SO UNGLAUBLICH?!
BÄRCHENFETISCH!!
ICH BIN KLEIN, DICK UND KNUFFIG!!
ACH JA, ICH VERGESS DAS IMMER …
RW 22

WAS IST DENN LOS?
ACH ... NICHTS.
NA, DOCH! DU ZIEHST SEIT TAGEN EIN GESICHT WIE DIE HEILIGE SPROTTA AM KARFREITAG!
DIE LETZTE DER GOLDEN GIRLS IST NUN AUCH TOT.
BETTY WHITE! SCHON SEIT ÜBER EINER WOCHE!
IST DAS NICHT FURCHTBAR TRAURIG?
JA ... STIMMT.
ROSE HÄLT DIE KLAPPE.
SCHON SEIT ÜBER EINER WOCHE! SEIT ÜBER EINER WOCHE IST SCHON 2022! DIE ZEIT RAST. ROSE IST HINÜBER, UND WIR SIND AUCH BALD HINÜBER.
SAG NICHT SO WAS! BIS DAHIN MÜSSEN WIR UNS DIE ZEIT VERTREIBEN!
JA. DAS MÜSSEN WIR ...
THANK YOU FOR BEING A FRIEND ...
SCHNÜFF ...

WENN TRUMP WIEDERGEWÄHLT WIRD, IST ES VORBEI MIT AMERIKA. EINE ZWEITE AMTSZEIT HÄLT DIE DEMOKRATIE NICHT AUS.
NOCH IST ER NICHT MAL NOMINIERT.
ER SETZT ALLES DARAN! PASST ZUM KRANKHEITSBILD.
MACH DIR GEDANKEN, WENN ES SO WEIT IST!
ÜBERALL DESPOTEN!
UND QUERDENKER, DIE SOLCHE IDIOTEN AN DIE MACHT HIEVEN.
IN AMERIKA GIBT'S AUCH QUERDENKER?
NA, WER HAT DENN DAS KAPITOL GESTÜRMT VOR EINEM JAHR?
ICH FAND DEN HALBNACKTEN IDIOTEN MIT SPEER UND HÖRNERN JA ZIEMLICH GEIL ...
PAAAUL ...
WAS?!!

WENN DU SO DEPRESSIVE MUSIK SPIELST, WIRD'S NICHT BESSER!
DAS IST SCHUBERT, KLAVIERSONATE B DUR, D 960. UND JA, ETWAS WEHMÜTIG.
SPIEL MOZART, DER IST LUSTIG!
MOZART IST LUSTIG?!
NAJA, LEBHAFT! SOGAR DAS REQUIEM HAT MEHR SWING ALS DAS HIER!
PAUL, WANN SOLL MAN WEHMÜTIGE MUSIK SPIELEN, WENN NICHT IM ZUSTAND DER WEHMUT?
GAR NICHT! WENN ICH GUT DRAUF BIN, VERDIRBT SIE MIR DIE LAUNE, UND WENN ICH SCHLECHT DRAUF BIN, SPRING ICH VOM BALKON!
WEHMUT IST EIN WICHTIGES GEFÜHL!
JA, ABER DER BALKON SO HOCH!

SIE SIND NICHT MEIN SOHN! ICH HAB SIE NOCH NIE IM LEBEN GESEHEN!!
ALLERDINGS WEISS ICH AUCH NICHT, WER DIE ANDEREN VISAGEN HIER SIND, UND WENN ICH IN DEN SPIEGEL SEHE, WIRD'S NICHT BESSER! ALSO BESTEHT DIE MÖGLICHKEIT, DASS ICH DIE LAGE FALSCH EINSCHÄTZE!
GUT, SOLLTEN SIE MEIN SOHN SEIN: SITZEN SIE GERADE!
ICH KANN DICH NICHT ÜBERZEUGEN, DEIN SOHN ZU SEIN, ABER GLAUB MIR: DU BIST MEINE MUTTER!
UND IHRE SCHUHE SEHEN WIEDER AUS!

ICH VERSTEH DICH GUT. ICH BIN AUCH DEPRIMIERT.
WARUM DU DENN?
ACH, ALLES SCHEISSE.
WETTER, HOME OFFICE... CORONA... ICH GLAUB, ICH BIN ZU VIEL ALLEIN. WEIHNACHTEN ALLEIN, SILVESTER ALLEIN, AN MEINEM GEBURTSTAG ALLEIN... ICH KAUF MIR'N WELLENSITTICH!
JA, MAN VERTROCKNET SOZIAL.
MICH MAG EH KEINER. EGAL, WAS ICH SAGE, ALLE DRESCHEN AUF MICH EIN! WENN ICH AUF FACEBOOK WAS VON MIR GEBE, SOFORT SHITSTORM!
QUATSCH. ES IST PANDEMIE. ALLE SIND GEREIZT.
ABER KLAR, ICH BIN FROH, DASS ICH PAUL HABE. IST NICHT IMMER EINFACH, ABER –
LIEBER'N WELLENSITTICH!

PAUL IST NIE DEPRIMIERT. HEDONISMUS IST 'NE GUTE LEBENSPHILOSOPHIE.
PAUL, NICHT DEPRESSIV?! BITTE! DER KLAMMERT SICH AN SEINE PUBERTÄT, MIT BALD SECHZIG!
OK, ABER DAS IST SEIN EINZIGES PROBLEM. WIEVIELE PROBLEME HABEN WIR?
DASS DU DAS ALLES MITMACHST, IST MIR EIN RÄTSEL.
WAS MITMACHE?
ER GEHT STÄNDIG FREMD.
GEHT FREMD! DAS IST SO HETERO!
ENTSCHULDIGE, ICH BIN HETERO!
AM ENDE BETRÜGT ER MICH NOCH!
ER BETRÜGT DICH, GENAU!
WARUM SOLL ER DENN KEINEN SEX HABEN? BRINGT ES MICH WEITER, WENN ER ZUHAUSE VERSAUERT?
LASS UNS DAS THEMA WECHSELN.
NEIN, LASS UNS REDEN!
ICH FÜHL MICH HEUT ZU HETERO!

DU HAST GUT GEERBT, UND PAUL LÄSST ES SICH GUTGEHEN! SORRY, SO SEHE ICH DAS!
ER LÄSST ES SICH KEINESWEGS GUTGEHEN!
NEIN?! WAS ARBEITET ER DENN?!
ER SCHMEISST DEN HAUSHALT, ER PUTZT, KAUFT EIN, ER KÜMMERT SICH UM DIE TECHNIK, WEISS MEINE PASSWÖRTER, BUCHT UNSERE REISEN...
ER SCHMEISST DEN HAUSHALT?!
ER SCHREIBT SEINE BÜCHER, DIE SICH IMMER BESSER VERKAUFEN ...
DIE VERKAUFEN SICH?!
WENN PAUL 'NE FRAU WÄRE, WÜRDEST DU NICHTS BEANSTANDEN, ABER ER IST JA EIN SCHWULER MANN! DER SEX HAT!
ER PUTZT?! WIRKLICH?
JA!
ER BESTEHT DARAUF, IM STEHEN ZU PINKELN, ABER ER PUTZT! NUR KOCHEN KANN ER NICHT.
UND BEI ALLDEM HAT ER NOCH ZEIT FREMDZUGEHEN?!

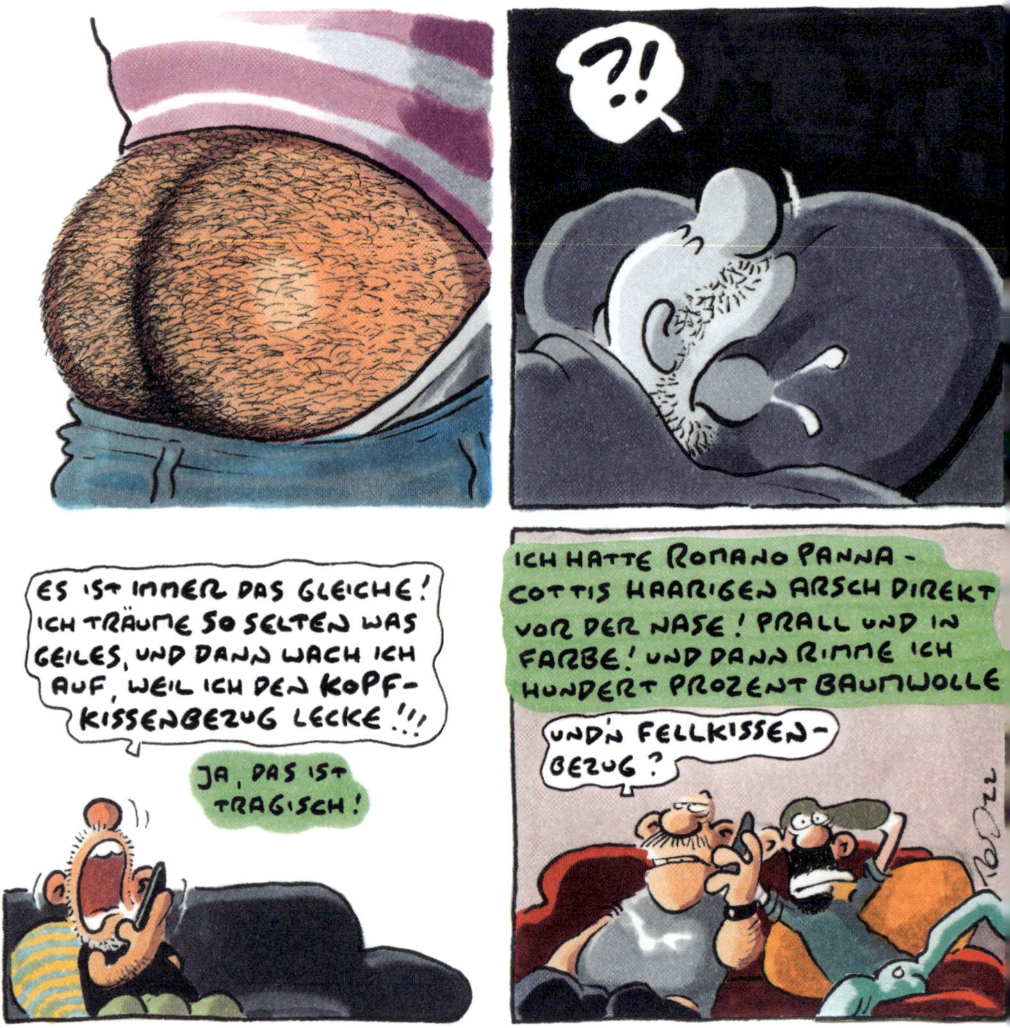
?!
ES IST IMMER DAS GLEICHE! ICH TRÄUME SO SELTEN WAS GEILES, UND DANN WACH ICH AUF, WEIL ICH DEN KOPF-KISSENBEZUG LECKE!!!
JA, DAS IST TRAGISCH!
ICH HATTE ROMANO PANNA-COTTIS HAARIGEN ARSCH DIREKT VOR DER NASE! PRALL UND IN FARBE! UND DANN RIMME ICH HUNDERT PROZENT BAUMWOLLE
UND'N FELLKISSEN-BEZUG?

HAST DU SCHON DIE NACHRICHTEN GEHÖRT?
NEIN. WAS SAGEN DIE NACHRICHTEN?
DIE MENSCHHEIT HAT NOCH KNAPP ZWANZIG JAHRE, UND AUS IST'S!
WIE: AUS IST'S?
WELTUNTERGANG.
DAS SAGEN SIE IN DEN NACHRICHTEN?!
DAS SAGE ICH! DIE MENSCHEN KRIEGEN DIE KURVE NICHT MEHR. KLIMA, ARTENSTERBEN, ATOMMÜLL, PLASTIK…
ICH HAB RÜHREI GEMACHT.
…RÜHREI… UND ÜBERBEVÖLKERUNG! DAS IST DAS KERNPROBLEM! ACHT MILLIARDEN-
BOAH, GEHT DIE UNTERHALTUNG AM FRÜHEN MORGEN AUCH ETWAS HEITERER?
JA, SICHER… GUTE UNTERHALTUNG! IMMER NUR GUTE UNTERHALTUNG…
WAS IST LOS MIT DIR?! GUTEN MORGEN MAL ERST!
JA, GUTEN MORGEN. MIT VIEL VERDRÄNGUNG…
GENAU!

ICH MACH MIR SORGEN UM KONRAD! DER IST WIEDER KNIETIEF IM WINTERBLUES.
BIN ICH FROH, DASS ICH KEINE BEZIEHUNG AN DER HACKE HABE! DAS FEHLTE MIR HIER, EINER MIT BLUES!
BEI MIR WIRKT DANN SEX UND ABBA, ABER ER SCHUBERT SICH LIEBER EINEN...
ICH RATE EUCH: VERWAHRLOST! VERWAHRLOSEN ENTSPANNT! LASST EUCH EINFACH GEHEN!
FÜR DIE ERFAHRUNG BIN ICH CORONA EWIG DANKBAR!
JA DANKE, ICH WERDE IHM DEN VORSCHLAG UNTERBREITEN.
GEHT JA VORBEI! BALD WIRD'S FRÜHLING. UND EINFACH'N BISSCHEN SCHMUSEN?
NEIN, ER WILL KEINEN SEX. HAB SCHON VERS-
KEIN SEX! UMARMEN! DRÜCKEN! WAS LEUTE SO MACHEN!
BOAH, MIT DEM BEGRIFF SCHMUSEN HAB ICH... GIBT'S'N SYNONYM FÜR SCHMUSEN?
KUSCHELN.
OK, KUSCHELN KLINGT NACH DAUMEN RUNTER.
WAS?!

LOS, KUSCHELN!
WAS?
AUFS SOFA MIT DIR, DA LIEGT SCHON DIE KUSCHELDECKE!
MRB
ICH MACH'N „HARMONIE FÜR KÖRPER UND SEELE" - KRÄUTER-TEE UND KOMM NACH!
ICH WEISS NICHT, OB ICH -
DU MUSST AUCH NICHT WISSEN, RAUS AUS DEN PANTOFFELN UND REIN INS WOHL-BEFINDEN!
PAUL…
KEINE WIDERREDE! JETZT IST MAL FÜR'NE STUNDE AUSGESCHUBERT!
ES IST BRAHMS!
AUSGEBRAHMST!
MRB
DAS IST JA SCHÖN, DASS DU MIT MIR SCHMU-
NICHT SCHMUSEN! KUSCHELN!!!
NUN KOMM! HOPP HOPP!!!

UND? WIRD'S BESSER?
WIRD WAS BESSER?
DIE LAUNE!
IST DAS JETZT TURBO-KUSCHELN MIT ERFOLGS-DRUCK?
NEIN, NEIN...
ICH LIEG JETZT HIER. IST SCHÖN SO.
KLAR.
GUT.
WEISST DU, MIT DIR, DAS IST SCHON WAS BESONDERES.
NA, DAS HOFF ICH DOCH!
WOLLTE ICH AUCH NUR MAL SAGEN! MIT DIR IST'S BESONDERS.
DA KÖNNEN DIE DA DRAUSSEN NOCH SO GEIL BEHAART SEIN! DU LÄUFST AUSSER KONKURRENZ!
DU HAST WIRKLICH EIN FEINES GESPÜR FÜR KOMPLIMENTE.
JA, ICH SAG DIR SOWAS VIEL ZU SELTEN!

?!!
WAS... WAS MACHST DU?!
HM?
WIESO DRÜCKST DU MIR DEINEN DAUMEN IN DEN MUND?!
DER RICHTET SICH GRAD SO AUF. KANN ICH NICHTS FÜR...
DU BIST VERRÜCKT.
EIN WESENSZUG, DEN DU SEHR AN MIR SCHÄTZT.
DA HINTEN RICHTET SICH NOCH EINER AUF!
IGNORIER BEIDE. ZEIG ETWAS SELBST-BEHERRSCHUNG!
MACH ICH AUCH! DU WOLLTEST NUR KUSCHELN!
JA, ABER REISS DICH ZUSAMMEN! WIR SIND SCHON ÜBER DER SCHMUSEGRENZE.
WAS SOLL DAS HEISSEN?
MEIN DAUMEN IST STEINHART!

HERR NIEMÖSER?! WO ICH SIE GERADE RIECHE ...
HÖREN SIE, IHR VATER ... ICH SAG NICHTS, ABER DIESE KIFF-RUNDEN IM HEIZUNGSKELLER ... DA UNTEN STINKT'S WIE'NE HANF-PLANTAGE IN PAKISTAN!
RAUSCHGIFT? WOHER HAT MEIN VATER RAUSCH-GIFT?
JA ... WOHER NUR!
ACH SO.
OK ... ICH REDE MIT IHM.
GUT. DANKE.
DER GRÜNE TÜRKE NEULICH GING MIR ZU SEHR AUF DEN KREIS-LAUF!

PAPI, IHR KÖNNT NICHT WEITER IM HEIZUNGSKELLER KIFFEN! DIE RIECHEN DAS!
AUF DER TERRASSE IST ES KALT! HAB'S SOWIESO AN DEN NIEREN!
ICH KOMM NOCH IN DEN KNAST!
DANN SCHREIB ICH'N BRIEF AN SVEN ÖTZEMICH! DIE SOLLEN MICH MAL ERLEBEN!!
ER HEISST ÖZDEMIR! UND DER HOLT MICH AUCH NICHT DA RAUS!
WAS MUSSTEST DU AUCH DAS HALBE HEIM ANTRIGGERN?
WIR HABEN VIEL SPASS! NEULICH HATTEN WIR LACHKRÄMPFE!
WAS WAR SO LUSTIG?
IM FERNSEHEN LIEF „JETZT SCHLÄGT'S 13" MIT HANS MOSER UND THEO LINGEN!
OK?
„LUSTSPIEL MIT GERADEZU ABSURDER SITUATIONSKOMIK, DAS DURCH DIE POINTIERUNGSKUNST MOSERS UND LINGENS ZUM LACHEN REIZT."
NA, DAS KANNST DU ABER LAUT SAGEN!
HA HA!!!

DIE MARGOT VON DER GYM-NASTIK HAT MIR SO'NE SILBER-SCHALLPLATTE GEGEBEN! DAS VERRÜCKTE HUHN!
KLINGT WIE MUSIK AUS DER ZUKUNFT!
MUSIK AUS DER ZUKUNFT?
DONNERSOMMER HEISST DIE KAPELLE, ODER SO! IST JA ALLES AUF ENGLISCH!
DIE JAULT SICH DA WAS, ALS HÄTTE SIE DIE BEINE HOCH IN DER LUFT!!
MUSIK IST DAS NATÜRLICH NICHT, ABER MIT HASCH... JUNGE, JUNGE! DAUERT AUCH FAST 'NE VIERTEL-STUNDE!
HIER, ICH MACH MAL!
SAG NICHT IMMER HASCH!
HUUUH... I FEEL LOVE I FEEL LOVE I FEEL LOVE...
DA WIRD MAN SCHON VOM ZUHÖREN TÜDELICH!
UND MEIN FUSS WIPPT!
JA, DAS... WAR MAL ZU-KÜNFTIG.

HIER, DIE TAUSEND EURO FÜR DEINE SCHWESTER! DAS DUMME MÄDCHEN LÄSST SICH NICHT IMPFEN UND KOMMT NICHT HER!
ALSO KRIEGST DU'S!
?!
DIE DEMONSTRIEREN GEGEN DIE QUERSPINNER, HAST GEHÖRT? SOLIDARITÄT UND AUFKLÄRUNG STATT VERSCHWÖRUNGSMYTHEN! WÜRD ICH MITLAUFEN!
PAPI, MACH DAS MIT EDELTRAUT AUS! ICH WILL DAMIT NICHTS-
NEIN, NEIN!
ICH HAB IHR DAS SCHON GESAGT, DASS DU DAS GELD KRIEGST!
OH FUCK!
GIMME GIMME GIMME A MAN AFTER MIDNIGHT
GIB'S ZU, PAPI HAT DIR MEIN GELD GEGEBEN! DA JUCKT MIR GLEICH DAS SILIKON!!

ACH... OUTET SICH DEIN VATER NOCH AUF SEINE ALTEN TAGE?
WAS, WIESO DAS DENN?!
NA, WELCHE HETE HÖRT 2022 NOCH DONNA SUMMER?
WELCHE HETE HÖRTE SCHON 1975 DONNA SUMMER?!
ACH JA, DU HÖRST JA NUR PROGRESSIVEN DEPRI-GRUNGE ZUM EINSARGEN!
BESSER IST DAS! CHER, KYLIE, GAGA, ABBA... ALLES FÜR DIE TUNTEN-TONNE!
WAS?!
HAST DU MICH GRAD TUNTE GENANNT?
EINZIGE GÖTTIN IST MADONNA!
NA, GRADE DIE WIRD JA WOHL ARG ÜBERSCHÄTZT!
ICH KÜSSE IHREN SAUM!
GRUNZ GRUNZ
TUNTE!
HAST DU MICH GRAD TUNTE GENANNT?!
CIAO PAOLOBÄR MORGEN 10:00 UHR SCHMUS? ROMANO
SEIT MEINER STREISAND-PHASE HAT MICH KEINER MEHR TUNTE GENANNT! HALLO?!
ÄH... WAS?

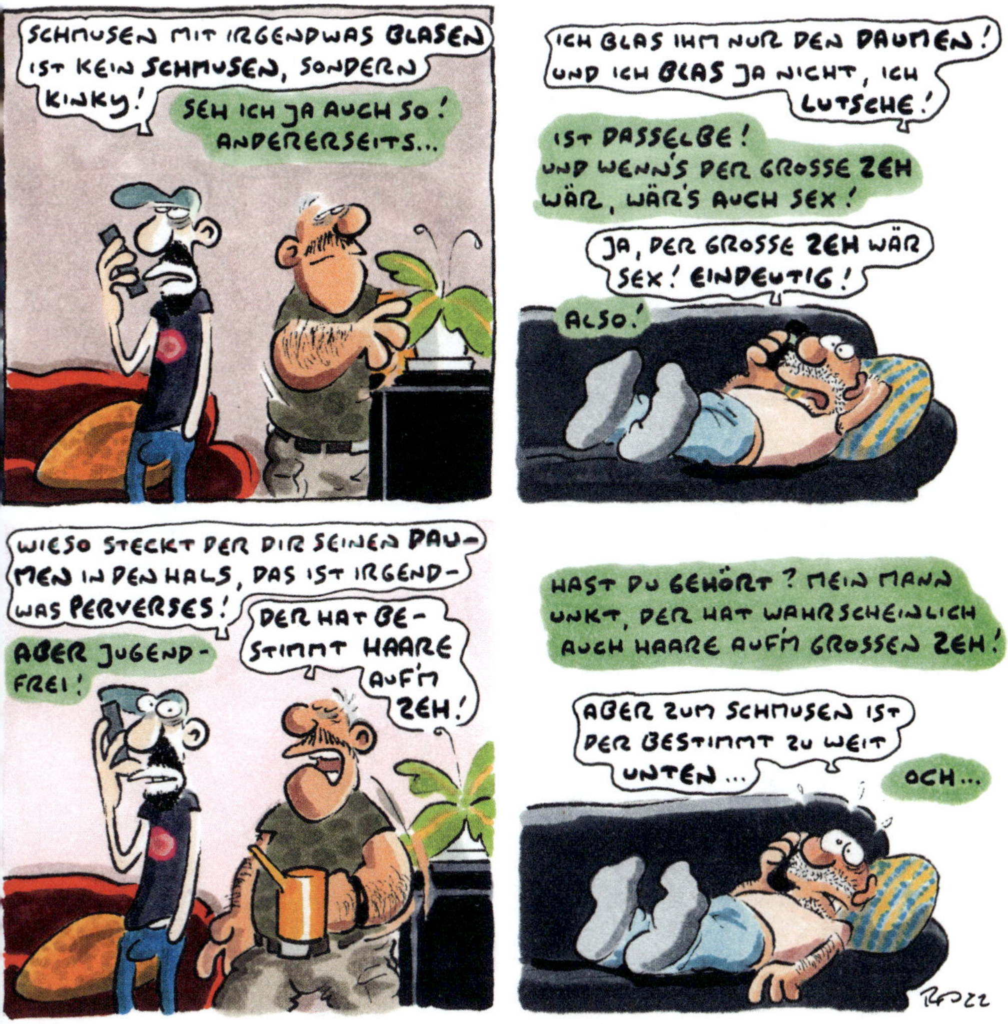
SCHMUSEN MIT IRGENDWAS BLASEN IST KEIN SCHMUSEN, SONDERN KINKY!
SEH ICH JA AUCH SO! ANDERERSEITS...
ICH BLAS IHM NUR DEN DAUMEN! UND ICH BLAS JA NICHT, ICH LUTSCHE!
IST DASSELBE! UND WENN'S DER GROSSE ZEH WÄR, WÄR'S AUCH SEX!
JA, DER GROSSE ZEH WÄR SEX! EINDEUTIG!
ALSO!
WIESO STECKT DER DIR SEINEN DAUMEN IN DEN HALS, DAS IST IRGENDWAS PERVERSES!
ABER JUGENDFREI!
DER HAT BESTIMMT HAARE AUF'M ZEH!
HAST DU GEHÖRT? MEIN MANN UNKT, DER HAT WAHRSCHEINLICH AUCH HAARE AUF'M GROSSEN ZEH!
ABER ZUM SCHMUSEN IST DER BESTIMMT ZU WEIT UNTEN...
OCH...

CIAO BÄRCHEN ...
?!
FIEP...

KOMMST DU,
BÄRCHEN...
ESISGASEGS...
HM?
ES IST KEIN
SEX...
NEIN...
... IST SCHMUS!
SCHMATZ...

PAOLO...
HM...
GLEICH SIND DREI STUNDEN...
HM!
WIRD TEUER!
HM!
WAR WIEDER SCHÖN MIT DIR, BÄRCHEN...
GLEICH NÄCHST TERMIN?
ROMANO... ICH KANN NICHT MEHR! ICH MUSS AN DEINEN ARSCH, SONST... DAS IST...
HA HA!!
OH, KANNST AN MEIN ARSCH BÄRCHEN... BA KANNST AN ME ARSCH...
WAS KOS-
ICH WILL

DU KANNST ALSO NÄCHSTES MAL AN SEINEN ARSCH! UND DU MEINST, BEI DER PROBLEMATIK BIN GERADE ICH DER RICHTIGE GESPRÄCHS-PARTNER?!
NA, DU HAST MIT DEM SCHMUS ANGEFANGEN!
FÜR GELD!
DAS WAR KEINE EINLADUNG, IHN MIR WEGZUSCHMUSEN!!!
WIESO, DATET IHR NICHT MEHR?
ER HAT GESAGT, ES LÄGE NICHT AN MIR, ABER ER STEHT MEHR AUF KLEINE BÄREN!
DAS HAT ER GESAGT?
NEIN! NIEDLICHE KLEINE DICKE BÄRCHEN, HAT ER GESAGT!
NIEDLICHE KLEINE DICKE NOTGEILE BÄRCHEN! DAS HAT ER GESAGT!
WEN ER DAMIT WOHL MEINT, LASSE ICH MAL DAHINGESTELLT!
BIN ICH DENN NOTGEIL?!

ICH WEISS DOCH AUCH NICHT, WAS AN MIR DRAN IST! ICH WINSEL SOLCHEN KERLEN HINTERHER, UND PLÖTZLICH DREHEN SIE SICH UM UND WOLLEN MICH!!
MEIN MITGEFÜHL HÄLT SICH IN GRENZEN.
WAR MIT DEM KNALLER AUCH SO!
DU ARMLEUCHTER HAST DEN KNALLER NIE GETROFFEN!
NUR WEGEN CORONA!!
UND SCHMUSEBÄR LÄSST SICH BEZAHLE
FÜR EINEN GUTEN ZWECK!
OK, DAS STIMMT.
MIR EILT EIN GEWISSER RUF VORAUS!
DAS STIMMT AUCH.
PANNACOTTI HAT MICH AUF DIVERSEN PARTYS GESEHEN! BEIM BEAR PRIDE 2019 IN DER ESSIGFABRIK WAR ICH DER EXTREMFALL!
ICH WILL NICHT WISSEN, WAS DU DAMIT MEINST!
ICH HATTE MEHRMALS AUGEN-KONTAKT MIT PANNACOTTI, ALS ICH DIESE DREI BELGIER ORAL-
ICH WILL NICHTS HÖREN VON ORAL!
KLAR, ABER ICH STRAHLE SOWAS AUS! MAN MÜSSTE MAL ANALY-
ANAL AUCH NICHT!

MIR GEHT GRAD ALLES SOO AUF DIE PSYCHOLOGIE ...
WAS DENN?
ALLES! DIE NACHRICHTEN. DIE RUSSEN! DIE SIEBEN-TAGE-INZIDENZ, DAS WETTER
JA, DIE SONNE KÖNNTE SICH MAL WIEDER ZEIGEN ...
WAS WAR DAS NOCHMAL, SONNE?
ABER DIE TAGE WERDEN JA SCHON LÄNGER ...
MERK ICH NICHTS VON. VERSCHON MICH MIT DIESEM ZWECKOPTIMISMUS!
STIMMT. MICH BEEINDRUCKT AUCH NIE, WENN SCHON IM JUNI DIE TAGE KÜRZER WERDEN. TROTZDEM BLEIBT'S SOMMER.
IM JUNI WERDEN DIE TAGE KÜRZER?
NAJA ...
DAS GIBT MIR JETZT DEN REST ...

SCHRILL
SCHRILL
?
SCHRILL SCHRILL
HALLO?
HIER IST EDEL-
TRAUT!!!
OH.
HI!
DEINE SCHWESTER!
OH NEE, NÄ ?!
DOCH, DOCH...
SCHRILL
SCHRILL
HALLO, WER IST DA?
EDELTRAUT! MACH AUF!!!
ICH SAG DOCH, DEINE SCHWESTER!
MANCHMAL BRAUCHT
MAN'NE ZWEITE
MEINUNG.

DIE KOMMT HIER NICHT REIN! SIE IST NICHT GEIMPFT UND BEWEGT SICH UNTER QUARK-DENKERN!
KONRAD WILL NICHT, DASS DU HOCHKOMMST!
SCHIEB'S NICHT NUR AUF MICH!
REISST DOCH ALLE FENSTER AUF, WENN IHR SCHISS VOR MIR HABT!
ICH WILL AUCH NICHT, DASS DU HOCHKOMMST!
DANN KOMM RUNTER!!!
ICH VERKNEIF MIR DOCH NICHT SEIT MONATEN FAST ALLE SOZIALEN KONTAKTE, UND AM ENDE KOMMT DIESE FRAU HIER REIN!!
ICH KANN DIR PAPIS GELD NICHT GEBEN, SOLANGE DU NICHT-
LOS, KOMM RUNTER!! ICH WILL DICH SEHEN!
WARUM?!
WEIL ICH MAL HIER IN KÖLN BIN UND DU MEIN KLEINER BRUDER BIST UND ICH DEINE GROSSE SCHWESTER UND WÜRD DICH GERN MAL WIEDERSEHEN... SCHNÜFF...
BOAH, GEHT'S NOCH VERSTÖRENDER?!

SIEHT SO AUS, ALS MÜSSTE ICH ZU IHR RUNTER!
ABER MIT MASKE!
JAJA!
NIMM ZWEI MASKEN!
SIE WILL KEINE MASKE!
FÜR DICH! STÜLP ZWEI MASKEN ÜBEREINANDER!
BLEIB AUF ZWEI METER ABSTAND UND ATME FLACH! ACHTE AUF DIE WINDRICHTUNG!
WENN SIE IMPULSIV WIRD, BRICH DIE AKTION AB UND KOMM WIEDER HOCH!
WENN SIE DICH ANSCHREIT UND DABEI SPEICHELTRÖPFCHEN-
SIE IST MEINE SCHWESTER, KEIN ATOMKRAFTWERK!

ALSO, WAS GEHT?
NIMM MICH MAL IN DEN ARM!
NA, DAS GEHT ZUM BEISPIEL NICHT! ZWEI METER AB-STAND!
BOAH, IHR SEID SO'NE SCHEISS-FAMILIE!!
WIE SIEHST DU ÜBERHAUPT AUS?! WAS IST DAS FÜR 'NE MASKE?!!
ICH BIN BIS THAILAND GE-GOOGELT FÜR LIPPENSYN-CHRONE FCP-MASKEN!!!
LASS UNS INS STAR-BUCKS, ES FÄNGT AN ZU REGNEN!
DIE LASSEN MICH NICHT INS STARBUCKS!!
ACH JA! WIESO LÄSST DU DICH AUCH NICHT IMPFEN, VERDAMMT?!!
ICH ERKLÄR'S DIR! HÖRST DU MIR EINMAL IM LEBEN MAL ZU?! HÖRST DU, WARUM DEINE GROSSE SCHWES-TER NICHT GEIMPFT IST?!
STÖHN...
ALSO... DIE WELTRAUMSONDE ROSETTA...

NUR, UM DAS NOCHMAL KLARZUSTELLEN: DU ERZÄHLST MIR GERADE, WARUM DU DICH NICHT IMPFEN LÄSST.
GENAU! DIE WELTRAUMSONDE ROSETTA, DIE AUF DIESEM KOMETEN GELANDET IST, MIT DER HABEN SIE MIKROPEN UND WELTRAUMBAZILLEN UND SO WAS GESUCHT! WARUM WOHL?
DIE WELTRAUMSONDE ROSETTA.
JA, GENAU! FRAG MAL KARL LAUTENBACH! DER WEISS DAS!
DAS SAGEN SIE UNS ABER NICHT! SCHALT MAL ABENDS DIE HEUTE-SHOW EIN! DA HÖRST DU KEIN WORT VON WELTRAUMBAZILLEN! KOMISCH, ODER?!
JA ... KOMISCH.
SO! UND JETZT KOMMT'S!
BLEIB, WO DU BIST!
SCHON MAL WAS GEHÖRT VON MOLLEKÜHLEN?!
EDELTRAUT ... WAS WILLST DU?
MEIN ERBE!

DU GIBST MIR DAS GELD! WIR SIND BRUDER UND SCHWESTER! GEGEN PAPI MÜSSEN WIR ZUSAMMENHALTEN! WAS DER ALLES VERSAUT HAT BEI UNSERER ERZIEHUNG!
NUR, WEIL WIR GESCHWISTER SIND –
GESCHWISTERINNEN!
WAS?
GESCHWISTER, STERNCHEN, PAUSE, INNEN! DEN GENDERISCHEN MASKELINUM KANNST DU DIR HINTER DIE PROSTATA SCHIEBEN!
DU BIST GENAU WIE MUTTI! ALLES, WAS DU SAGST, IST VERSTÖREND!! ALLES!!!
MUTTI DREHT SICH GRAD IM GRAB UM!
DA! SCHON WIEDER! WIESO DREHT SICH MUTTI IM GRAB UM?!
WEIL IN DEM IMPFSTOFF ROSETTABAZILLEN –
EDELTRAUT!! ROSETTABAZILLEN SIND SCHWACHSINN!!!
KLAR! WENN ICH MAL WAS WISSENSCHAFTLICH VERTRETE!
ICH GEH WIEDER HOCH. DAS HALT ICH NICHT AUS.
GIB MIR DAS GELD! ICH KRIEG SCHLUPFLIDER!

DU WILLST DIE TAUSEND EURO FÜR'NE OP?! WO HAST DU DENN SCHLUPF-LIDER?!!
NA, WO HAT FRAU DENN SCHLUPFLIDER?! IM SCHLÜPFER?!!
DAS... WILL ICH MIR JETZT NICHT -
AUSSERDEM HAB ICH NICHT GESAGT, ICH HABE SCHLUPF-LIDER, SONDERN ICH KRIEGE SCHLUPFLIDER! ICH LASSE SO WAS IMMER WEGMACHEN, BEVOR ES DA IST! HIER, WENN ICH DIE AUGEN ZUMACHE...
DU HAST KEINE SCHLUPF -
... KANN ICH DIE OBER-LIDER LOCKER SEITLICH WEGZIEHEN UND ÜBER DIE OHREN STÜLPEN!
?!
SO! UND JETZT BEHAUPTE NOCHMAL, ICH KRIEG KEINE SCHLUPFLIDER!
DAS WAR'S, ICH BIN WEG!

OHNE WORTE...
GIB IHR UM HIMMELS WILLEN DAS GELD, DANN IST RUHE!
KANN ICH MIT PAPI NICHT MACHEN!
WIESO HABEN WIR EIGENTLICH SO WENIG NORMALE FRAUEN IN UNSEREM UMFELD?
WIESO IN UNSEREM?! ICH SEHE DIE EXTREME EHER IN DER FAMILIE NIEMÖSER...
ACH JA, IGITTE IST EIN BEISPIEL WEIBLICHER AUSGEGLICHENHEIT!
WAS IST NORMAL? SIND WIR NORMAL?
DU BIST SEHR NORMAL! WAS ICH ZU SCHÄTZEN WEISS!
HM. DU NICHT...
WAR DAS 'NE FRAGE ODER 'NE BEHAUPTUNG?
EIN FAKTUM.

DEMNÄCHST KOMMT MILLIE. DIE IST DOCH NORMAL.
MILLIE? NORMAL?! DIE WILL MEINE SCHWULEN PORNOS GUCKEN!
HAT SIE DAS GESAGT?
WHATSAPP.
NAJA... HETERAS UND SCHWULE EROTIKFILME... DAS BIETET SICH JA AN...
EROTIKFILME HAB ICH NICHT. NUR KINKY. DU MEINST ALSO, ICH BIN NICHT NORMAL?
DU BIST FAST SECHZIG UND HYPERSEXUELL
ICH BIN HÖCHSTENS ENDE FÜNFZIG UND ALS KIND IN DEN TESTOSTERONTOPF GEFALLEN!
DAS MEINTE ICH.
UND ICH BIN KLEIN, BEHAART UND KNUFFIG!
JA. DAS BIST DU.
KRAUL KRAUL
DIDEL DÜDEL DIDEL...

FRIEDERICH! WIE GEHT'S?
BESCHISSEN!
OH. WARUM?
WARUM?! ICH HAB GRAD MINUTENLANG MEIN KAFFEESERVICE AUF DEM KÜCHENTISCH DRAPIERT!
DAS MILCHKÄNNCHEN STAND NICHT IM EXAKTEN ABSTAND ZUR ZUCKERDOSE!
LEUTE, ICH WAR ALLEIN IMMER ZUFRIEDEN UND WOHNE AUCH GERN ALLEIN! ABER JETZT REICHT'S! ICH BIN NICHT ALLEIN, ICH BIN EINSAM!!
OH... JA, FÜR SINGLES MUSS ES NOCH SCHWERER-
SEIT ZWEI JAHREN FEIERN WIR KAUM NOCH GEBURTSTAGE UND SO!!
KEIN SILVESTER UND WIEDER KEIN KARNEVAL, KEINER GEHT NOCH IN DIE KNEIPE, KEINER WILL INS KINO...
NUR NOCH HOME OFFICE, SOFA UND NETFLIX!
NAJA, WAS SOLL MAN MACHEN?
ICH SAG EUCH, WAS MAN MACHEN SOLL!!
ICH WERDE KOMMENDEN FREITAG FÜNFZIG UND WILL MINDESTENS DREISSIG GUTGELAUNTE LEUTE IN DIESER WOHNUNG! MIT BUFFET, TANZ, CHAMPAGNER, KOKS UND STIMMUNG! UND WAGT ES NICHT, NICHT ZU KOMMEN!!
WAS... WILLST DU DAMIT SAGEN?
ICH SCHMEISS 'NE PARTY!!!

DU FEIERST FREITAG GEBURTSTAG ?!
ICH FEIERE FREITAG GEBURTSTAG.
ABER DU WEISST, DASS HÖCHSTENS ZEHN ...
ES KOMMEN ETWA VIERZIG!
UND IHR WERDET MICH ALLE UMARMEN, HERZEN UND DRÜCKEN! HIER KNALLEN DIE KORKEN! WER WEISS, NÄCHSTE WOCHE GIBT'S 'NE SÄCHSISCHE VARIANTE, UND PUTIN UND DIE AMIS LASSEN ES ESKALIEREN, UND DIE KLIMAKATASTROPHE ...
JA, ALLES EIN GRUND ZUM FEIERN.
ICH WERDE FÜNFZIG! UND WENN KEINER KOMMT, SPRING ICH VON DER HOHENZOLLERNBRÜCKE!
OH ... OK.
UND ERZÄHLT MIR NICHT, IHR HABT WAS VOR! IHR HABT NÄMLICH NICHTS VOR!
NIEMAND HAT NOCH WAS VOR!
NAJA ... ES GIBT DAS EINE ODER ANDERE AUF NETFLIX ...

FRIEDERICH WILL FREITAG FEIERN, ER WIRD FÜNFZ –
JA, MICH HAT ER AUCH VORGELADEN!
DAS WÄRE MEINE FRAGE GEWESEN.
DIE TEILNEHMENDEN MÜSSEN SICH DOCH ALLE TESTEN LASSEN, ODER?!
NA, WENIGSTENS IMPFNACHWEIS! GILT DAS DENN IN NRW NOCH MIT HÖCHSTENS ZEHN PERSONEN?
VIELLEICHT SOLLTE JEMAND VON UNS IHN BEIM GESUNDHEITSAMT AN-ZEIGEN!
NA WAS?!
VIERZIG LEUTE!
SPASS UND VERGNÜGEN!
KLINGT GAR NICHT GUT…

FRIEDERICH, KÜMMERST DU DICH DARUM, DASS FREITAG ALLE GÄSTE GETESTET SIND?!
UND GEIMPFT UND GEBOOSTERT?
NEIN, ICH KÜMMERE MICH GRAD UM CONCHIGLIE MIT FORELLENFILET UND FENCHEL.
ICH GEHE NÄMLICH DAVON AUS, DASS UNTER MEINEN FREUNDEN KEINE QUERDENKER SIND!
ABER DIE MAßNAHMEN-
HUCH, JA, ICH MUSS NOCH ZUM SCHNEIDER, MAß NEHMEN!
ICH LEISTE MIR ZUM FÜNFZIGSTEN EINEN SCHWARZ-ROT KARIERTEN ANZUG! DER STOFF IST SCHON BEI-
FRIEDERICH, WIR-
ACH JA, STOFF! ICH HAB FÜR INTERESSIERTE KOKS VOM FACHHÄNDLER MEINES VERTRAUENS...
...GUTES GRAS UND ERSTKLASSIGEN ALKOHOL!
FRIEDERICH, ALLE TEILNEHMER SOLLTEN SICH VORHER TESTEN LASSEN!
VON MIR AUS KOMMT MIT TESTSTÄBCHEN IN DER NASE! OH, ICH FREU MICH SO...
RD 22

NA, SO GUT BEFREUNDET BIN ICH MIT FRIEDERICH AUCH WIEDER NICHT, DASS ICH MORGEN AUF DIESE GEBURTSTAGSPARTY...
DOCH. BIST DU.
ICH SAGE EUCH, ER DREHT LANGSAM DURCH! NEULICH RIEF ER MICH AN UND WOLLTE MIT MIR INS KINO!
HAT ER EINEN BALKON?
NUR EINEN SEHR KLEINEN.
MEINST DU, MAN KANN RESERVIEREN?
ER SOLLTE DAS VERSCHIEBEN! DIE LOCKERN DOCH SCHON!
ACH, MORGEN GEHT NICHT, ABER WENN DIE LOCKERN, GEHT'S NÄCHSTE WOCHE?!
OK, ICH WERDE MICH AMÜSIEREN!
ABER DABEI NUR SEHR FLACH ATMEN!
ICH SEH DA NOCH 'NE ERHEBLICHE HÜRDE.
UND DIE WÄRE?
ICH MÜSSTE VORHER DUSCHEN!

FRIEDERICH! HERZLICHEN GLÜCKWUNSCH!
KANNST DU DAS OHNE MASKE UND MIT DEN ARMEN UM MICH RUM WIEDERHOLEN?!
NUN, ÄH...
WISST IHR NOCH, WIE MAN SICH UNTER RICHTIGEN MENSCHEN AMÜSIERT?
OH GOTT, MEINE CORONABEDINGTE SOZIALPHOBIE TANZT GRAD CHA CHA CHA!
IN DER KÜCHE IST ES AM HEIKELSTEN! DA DISKUTIEREN DELTA UND OMIKRON AM NUDELSALAT.
NUN SAG NICHT SOWAS!
ABER SO VOLL IST ES DOCH GAR NICHT...
JA, DIE GENIESSEN AUF'M BALKON DEN ORKANSTURM.
AEROSOL, LEB WOHL!

PSYCHOLOGIE MANGELHAFT! DIE DEPPEN WARNEN UND DROHEN, UND PUTINS EREKTION WIRD IMMER GRÖSSER!
ABER EIN KRIEG IN EUROPA –
ALLES GUT?! FÜHLT IHR EUCH WOHL?! ES IST SO TOLL, DASS IHR ALLE PRÄSENT SEID!
PRÄSENZ-PARTY!!!
EINE PLASTIKFLASCHE IM OZEAN BRAUCHT VIERHUNDERTFÜNFZIG JAHRE, BIS SIE SICH –
SCHMECKT'S EUCH?! NEHMT VON DEM MEERESFRÜCHTESALAT!!!
ZWEI MARODE KERNKRAFTWERKE IN BELGIEN! BELGIEN IST GLEICH HINTER AACHEN! WAS MEINT IHR, WENN –
WOLLT IHR NICHT TANZEN? DISCO! FUNK! GEBT MIR DEN GROOVE!!
IHR LIEBEN... WENN MORGEN DIE WELT UNTERGINGE, ICH WÜRDE HEUTE EINEN APFELKUCHEN BACKEN!
MEIN GEBURTSTAGSKUCHEN! ICH MUSS MEINEN GEBURTSTAGSKUCHEN TOTPUSTEN!!!

DU FINDEST EMMANUEL MACRON SEXY?!
BOAH, DARF MAN AUF EINER SCHWULEN PARTY NICHT MEHR SAGEN, DASS EINER SEXY IST?!
DOCH, ABER WIR WAREN GRAD BEIM DROHENDEN RECHTSRUCK IN FRANKREICH!
AUSSERDEM SIND AUCH LESBEN HIER UND DRAGS! ES IST ALSO QUEER, NICHT SCHWUL!
EINE PARTY MIT TRANSVESTITEN! GANZ WIE DAMALS!
HIER SIND TRANSVESTI-TEN?! ABER WO DENN NUR?!
ICH KANN NICHTS MEHR SEHEN!!
OH MEIN GOTT, ICH...
ICH KANN NICHTS MEHR SEHEN!! ICH KANN NICHTS MEHR-
SCHATZ, MAN BE-NUTZT AUCH WIMPERN-KLEBER UND KEIN PATTEX!
RATSCH
ABER DAS RIECHT SO GUT!
SIE BENUTZT PATTEX SOGAR ALS GLEITGEL!
NUR, WENN ICH MÖCHTE, DASS DER MANN BLEIBT...

BLAS, DU SAU!
FÜNF KERZEN NUR?!
FÜR JEDES JAHRZEHNT EINE!
HA HA HA, PAUL WIEDER!
DAS SCHAFFST DU, FRIEDERICH!!
BROTSCH!!!
KEIN CORONA!! WEIZENALLERGIE! ICH HAB GRAD EIN STÜCK FLADENBROTSCH!! BROTSCH!!!

LEUTE, ES REGNET! ICH WILL WIEDER REIN!!!
KÖNNEN VOR LACHEN!!
HE! MACHT DIE BALKONTÜR FREI!!!
FRIEDERICH, KOMM AUS DEM SCHLAFZIMMER! ALLES NICHT SCHLIMM!
DIE NACHT IST NOCH JUNG!!!
DER KUCHEN WAR SOWIESO SEHR, SEHR UNGESUND! KARIES! DIABETES! FARBENBLINDHEIT!
KLOPF KLOPF
PAUL, ICH MUSS GEHEN! ICH KRIEG GRAD 'NE AEROPHOBIE!
DU KRIEGST WAS?!
DIE NEUE VOLKS-KRANKHEIT.
HABT NOCH'N SCHÖNEN ABEND!
TSCHÖ!
ATEMNOT HAB ICH JETZT AUCH! HABT IHR DAS GESCHOSS GESEHEN, DAS GRAD ZUR TÜR REINKAM?!
ROMANO. ICH GUCK DA NICHT HIN! ES GIBT SCHÖNHEIT, DIE WEH TUT.
JA! EIN SCHMER GLEICH HIER IN DEN SCHAUM-STOFFMÖPSEN!
?!

IRGENDJEMAND SOLLTE DIESEN KUCHEN ENTSORGEN …
WENN MIT IRGENDJEMAND DIE LESBE GEMEINT IST: VERGISS ES!
ICH HAB'S NICHT GESCHAFFT, MICH AUFZURAFFEN, ABER HERZLICHEN GLÜCKWUNSCH!
DIE PARTY IST FÜR'N EIMER! DU MACHST ES RICHTIG! DU HAST DIE ANTWORT AUF CORONA, KLIMA-KRISE UND KAPITA-LISMUS!
EBEN. WENN ICH EIN-MAL MIT DUSCHEN AN-FANGE …
KLOPF KLOPF
… RÄUME ICH HIER ALS NÄCHSTES AUF UND FANGE WOMÖGLICH NOCH AN ZU PUTZEN, UND ALLE LETHARGIE WAR UMSONST!
DIE PARTY IST VORBEI, ICH BLEIB AUCH HIER IM SCHLAFZIMMER UND VER-WAHRLOSE!
NEIN, DAS IST NICHTS FÜR DICH! GEH WIEDER ZU DEINEN GÄSTEN UND KIFF UND MACH DISCO! ALLE LIEBEN DICH FÜR DIESE PARTY!
MEINST DU? DIE HÄLFTE DER GÄSTE IST WEG!
WEICHEIER! DER HARTE KERN BLEIBT UND LÄSST NOCH DIE KUH FLIEGEN!
KLOPF KLOPF
FRIEDERICH, KOMM RAUS! IN DEINEM WOHN-ZIMMER STEHT EIN MANN!

GEHST DU SCHON?!
SCHMUSEBÄR IST HIER! DAS TU ICH MIR NICHT AN.
WOHER KENNT FRIEDERICH SCHMUSEBÄR?!
WILL ICH NICHT WISSEN.
LUIS KOMMT MIT ZU MIR.
WIESO DAS DENN? DER WOHNT DOCH HIER IN DEUTZ!
LUIS NIMMT FÜRS SCHMUSEN KEIN GELD.
UND BEHAART IST ER AUCH.
HIER UND DA ...
OK, HIER NICHT SO SEHR, ABER DA!
O MY GOD, HAST DU DEN KERL GESEHEN, DER DA IM WOHNZIMMER –
JA, JA.
FUCK, ECHT?! ER IST IM WOHNZIMMER?!
JA. UND PLÖTZLICH STEHT KEINE SCHWUPPE MEHR AUF DEM BALKON!
FIEP...
FIEP...

ALSO, ICH FINDE KERLE, DIE SICH ÜBERALL RASIEREN AUCH FURCHTBAR! WIRKLICH!
DA BIN ICH GANZ BEI DIR!!
NA, SO GANZ DICHT BEI MIR MUSS NICH...
?!
EINE FRAGE: WIE GEHST DU DAMIT UM, IN EINEN RAUM ZU KOMMEN UND DREIVIERTEL DER ANWESENDEN SIND SOFORT IN DICH VERKNALLT?
ICH KANN DA GAR NICHT GUT MIT UMGEHEN! MANCHMAL WÜNSCHE ICH MIR, ICH WÄRE NICHT SO ATTRAKTIV, DAMIT DIE MÄNNER EHER MEINEN AUFREIZENDEN CHARAKTER SEHEN!
HE, BÄRCHEN! KOMMS DU HER!!
MACHST DU PLATZ FÜR MEIN BÄRCHEN!
NA, DAS VERTRÄGT SICH ABER NUN GAR NICHT MIT MEINEM GELTUNGSDRANG!

ICH BIN ÜBERRASCHT. DU KENNST FRIEDERICH ?!
NEIN. ICH BIN GESCHENK.
DU BIST DAS –
?!
WER HAT DICH VERSCHENKT ?! SOLLST DU MIT FRIEDERICH SCHMUSEN ?!
NEIN.
WAS DANN ?! STRIPPEN ?!
NEIN. ICH WACKEL NICH MIT DER ARSCH.
GUT!
?!
LASS BITTE DEN DAUMEN SCHLAFF. HIER GEHT NICHTS VOR VERSAMMELTER COMMUNITY...
OH, GEHT 'NE MENGE! MUSST NUR MÜSSEN!
OK... ICH MUSS JA NICHT...
NEIN. DU WILLS!

BÄRCHEN, DAS MACHT MICH JETZ BISSCHEN GEIL...
MANN, ICH KANN DAS JETZT NICHT BRINGEN! DIE GLOTZEN SOWIESO SCHON ALLE!
GENAU DAS MACHT MICH JA GEIL!
HRRGH... ICH LUTSCH JETZT NICHT AM DAUMEN!
DANN KANNST MORGEN AN MEIN ARSCH!
SCHNUPPER-FACESITTING!
?
OK. HALT MAL EBEN!
?!!

OH MEIN GOTT ... PAUL NIEMÖSER WEIGERT SICH ABER AUCH, DEN GONG ZU HÖREN, ODER?
WAS FÜR'N GONG?
DEN ALTERSWÜRDE-GONG!
DEM KERL WÜRD ICH AUCH EINEN BLASEN! SCHEISS AUF WÜRDE!
ABER DOCH NICHT AUF EINE PARTY!
DEM BLAS ICH AUCH EINEN IN DER FUSSGÄNGERZONE.
DU FILMST DAS?
FÜR FACE-BOOK.
FAKE! ES IST NUR SEIN DAUMEN.
ABER DEN HAT ER BEEINDRUCKEND TIEF IM HALS!
OH JA, BLASEN KANN PAUL! ICH HATTE MAL DAS VER-GNÜGEN.
ICH AUCH.
ICH AUCH.
DAS IST SCHMUSEBÄR-KOELN DEN KANN MAN BUCHEN!
FRIEDERICH, DU KOMMST JETZT MAL MIT ZU DEM MANN!
WAS DENN FÜR'N MANN?! ICH WILL Z KEINEM MANN!!

DAS HIER IST ÜBRIGENS CHIQUITITA!
TELL ME WHAT'S WRONG?
CHIQUITITA IST DIE UNTALENTIERTESTE PLAYBACKKÜNSTLERIN VON BUENOS AIRES!
?!
FAKE! DIE WAR GRAD NOCH BLOND!
SCHLECHTES PLAYBACK? PATTEX ALS LIPGLOSS?!
DISCULPA?!
...UND DAS... IST DER MANN! PAUL, VERSCHWINDE!
HEY CIAO, FEDERICO! BUON COMPLEANNO!!!
ENTSCHULDIGUNG? ICH WERDE DIESEM MANN DOCH JETZT... AUF GAR KEINEN FALL IRGENDEINEN
NICHT?
BLASEN?!

FRIEDERICH, WIR KENNEN DICH VOM SCHWULEN TANZKURS KNÖCHEL-KNICK IN DETMOLD!
WIR BALLERINEN HATTEN SO VIEL SPASS!
BEVOR DIE LESBEN KAMEN…
FRIEDERICH WAR DER BESTE IM ARGENTINISCHEN TANGO! EIN FURIOSER LATIN LOVER!
WIESO, WAS WAR MIT DEN LESBEN?
DIE WAREN SO VERBISSEN! WIR KONNTEN GAR KEINE FRAUENFEIND-LICHEN WITZE MEHR MACHEN!
FRIEDERICH! DIESER KERL TANZT JETZT MIT DIR DEN RHYTHMUS, WO JEDER MIT MUSS! ROMANO KANN DAS NÄMLICH AUCH!
SCHIEBT MAL DEN TISCH BEI-SEITE!
WAS?! ABER ICH BIN GANZ AUS DEM TAKT!!
JUHUU!
RELAX, DER MANN HAT DICH FEST IM GRIFF!
CHICKY TITTA BITTE SCHÖN!

PUEDES ESCUCHAR FERNANDO?
ME RECUARDA TIEMPO ATRÁS
GAANZ SCHLECH-TES PLAYBACK!
MACH'S MAUL AUF, TITTA!!
HEHE!
ESTRELLAS Y UNA NOCHE ALLÁ
EN LA LUMBRE AZUL, FERNANDO...
ICH FÜHRE.
NEIN, NEIN, ICH -
ICH FÜHRE!
...
OK!
VA BENE!
OH GOTT, NEIN, ICH FÜHRE DOCH NICHT!

BLUT! SCHWEISS! TRÄNEN!
PORNO! PORNO!
SE ACERCABAN MAS, FERNANDO...
FRIEDERICH! BLEIB GESCHMEIDIG!
KANN ICH MEIN KÖLSCH WIEDER-HABEN?
FERNANDO
PADEDÖ!
POR LA VIDA Y JUVENTUD... NADIE PENSABA EN MORIR
HALLO?!
KRIEG ICH MEIN KÖLSCH ZURÜCK?!
SCHNAUF...

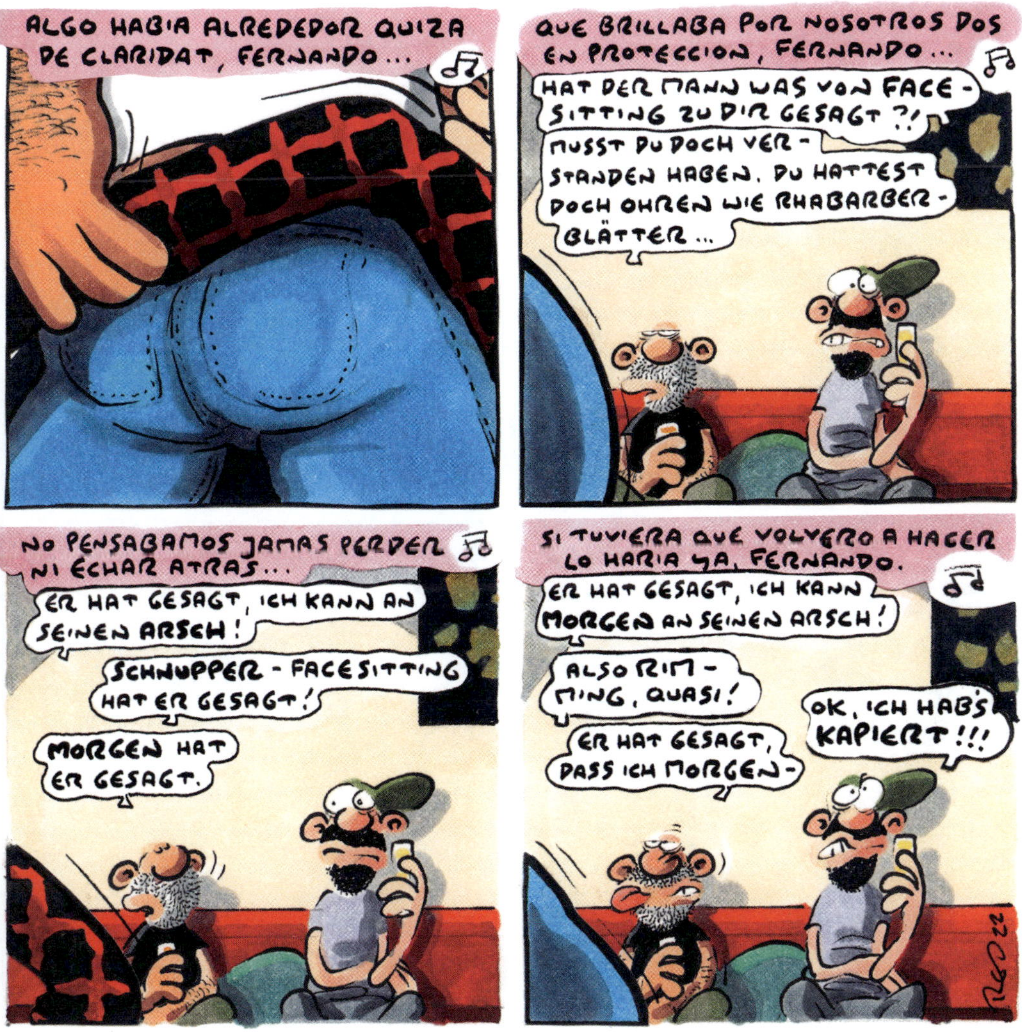

ALGO HABIA ALREDEDOR QUIZA DE CLARIDAT, FERNANDO ...
QUE BRILLABA POR NOSOTROS DOS EN PROTECCION, FERNANDO ...
HAT DER MANN WAS VON FACE-SITTING ZU DIR GESAGT?!
MUSST DU DOCH VERSTANDEN HABEN. DU HATTEST DOCH OHREN WIE RHABARBERBLÄTTER ...
NO PENSABAMOS JAMAS PERDER NI ECHAR ATRAS ...
ER HAT GESAGT, ICH KANN AN SEINEN ARSCH!
SCHNUPPER-FACESITTING HAT ER GESAGT!
MORGEN HAT ER GESAGT.
SI TUVIERA QUE VOLVERO A HACER LO HARIA YA, FERNANDO.
ER HAT GESAGT, ICH KANN MORGEN AN SEINEN ARSCH!
ALSO RIMMING, QUASI!
ER HAT GESAGT, DASS ICH MORGEN-
OK, ICH HAB'S KAPIERT!!!

SCHMATZ
?!
WOW!
!!
JUBEL
APPLAUS
APPLAUS
APPLAU
KLATSCH
KLATSCH
HAPPY BIRTHDAY
PFEIF!!!
JUHUU!
AUS-ZIEHN!!
NOCHMAL!!
KLATSCH KLATSCH
APP-LAUS!
GRACIAS A TODOS!!
MUCHAS GRACIAS!!!
BRAVO!!!

JUST A NOTION...
ALSO, DIESER MANN DA... DIESER MANN...
SPRICH DICH AUS.
DIESER MANN HAT VORHIN 'NE GANZE KANTE VON DEM CANNABIS-KUCHEN GEGESSEN!
UND GEKOKST! ICH WAR DABEI! SCHNIFF...
DER SIEHT NICHT NUR GEIL AUS...
...DER IST AUCH NOCH TOTAL NETT!
DAS SIND DIE SCHLIMMSTEN.
SAGT MAL, DER NIEMÖSER IST ABER AUCH TOTAL DRÜBER, ODER?
THUMBSUCKING IST JEDEN-FALLS DER NEUE HEISSE SCHEISS!
GRUNZ...

KOMM, SCHWUSE-BÄR, PARTY IS AUS !
HM ...
ICH RUFUNSN TAGSI !
PAUL, ER KANN IN MEIN GÄSTEBETT-
DU WILLS DANN NUR DANGO TANZN
HALLO ?! ICH BRAUCH'N DAXI NACH KÖLN !! ZUM FRIEDERICH !!
ER KANN AUCH BEI MIR BLEIBEN !
ICH WOHN NUR ZWEI STRASSEN WEITER !
ICH NEHM IHN MIT ZU MIR ! MEIN MANN IST IN STUTT-GART !
ICH WILL AUCH !
BOAH DA... FLOSSEN WEG !!!
DER ALTE MANN UND DAS MEER...

KOMM, SCHMUSBÄR, ICH BRINGDICH NACHHAUS!!!
ICH FAHR IHN NACH HAUSE.
ICH –
PAUL, ICH HAB DEN TANGO GE-BUCHT UND ROMANO HERGE-FAHREN, ALSO FAHR ICH IHN AUCH NACHHAUSE!
HMMM... STIMMT! BÄRCHEN BRINGTMICH NICH ZU MIR NACHHAUS...
GUT!
?!
ICH BRING BÄRCHEN ZU MIR NACHHAUS!
VA BENE, BÄRCHEN?!
MAMBEME...

MUTTER-HEILBUTTA-STRASS SIEBENFÜMFZICH.
ABER IHR KOTZT MIR NICHT INS AUTO, ODER?
NEIN, NEIN...
TAXI
IST JA GUT, DASS WIEDER GEFEIERT WIRD! HAB'S SCHON VERMISST, BESOFFENE ZU FAHREN!
DIE PATTY ISNOCH NICH VOBEI!
ACH SO... NOCH WAS VOR HEUTE?
FACE-SITTING.
WAS?
AUFM GESICHSITSN.
GESICH... SITZN.
AH, JA COOL! SOLLTE ICH AUCH MAL WIEDER MACHEN.
DAS SOLLTEN ÜBERHAUBT ALLE MACHN!
DIE WELT WÄRE EIN BESSERE ORT...
AUF JEDN FALL!
TAXI

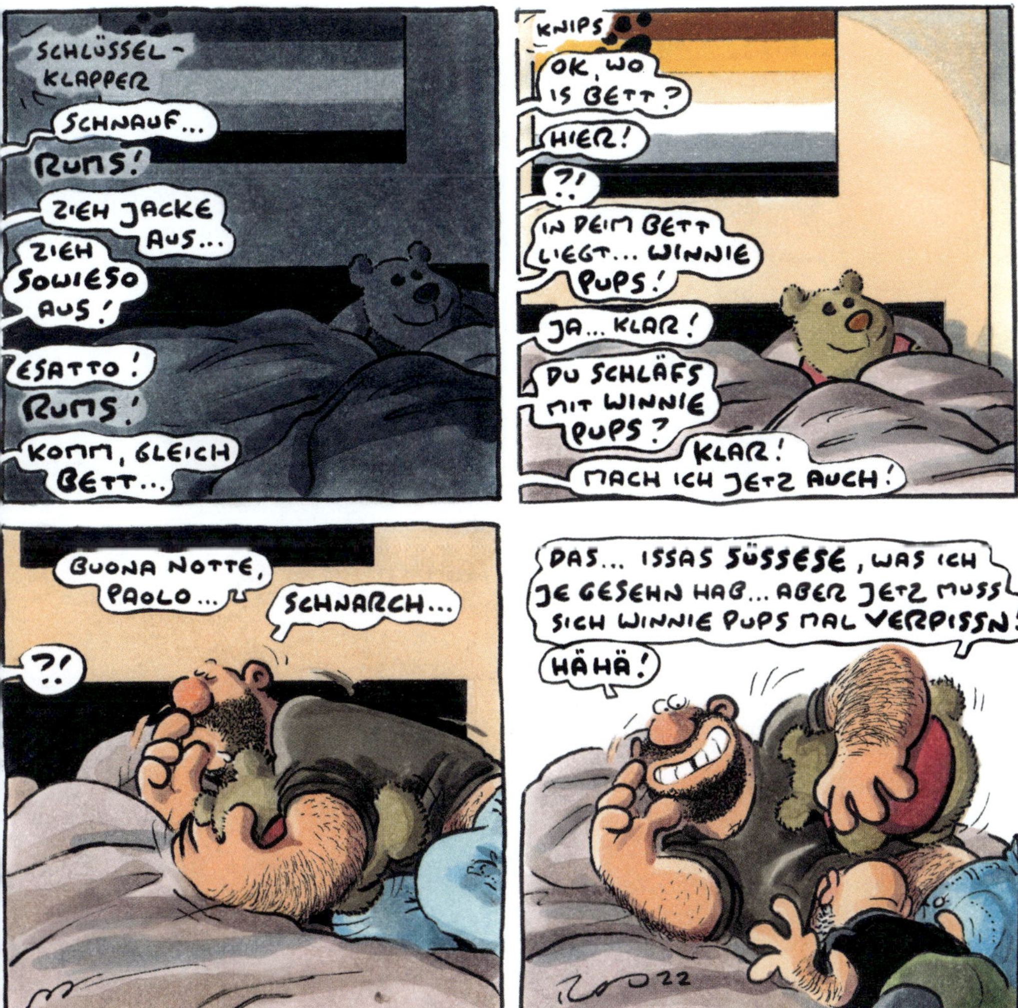
SCHLÜSSEL-
KLAPPER
SCHNAUF...
RUMS!
ZIEH JACKE AUS...
ZIEH SOWIESO AUS!
ESATTO!
RUMS!
KOMM, GLEICH BETT...
KNIPS
OK, WO IS BETT?
HIER!
?!
IN DEIM BETT LIEGT... WINNIE PUPS!
JA... KLAR!
DU SCHLÄFS MIT WINNIE PUPS?
KLAR!
MACH ICH JETZ AUCH!
BUONA NOTTE, PAOLO...
SCHNARCH...
?!
DAS... ISSAS SÜSSESE, WAS ICH JE GESEHN HAB... ABER JETZ MUSS SICH WINNIE PUPS MAL VERPISSN!
HÄHÄ!

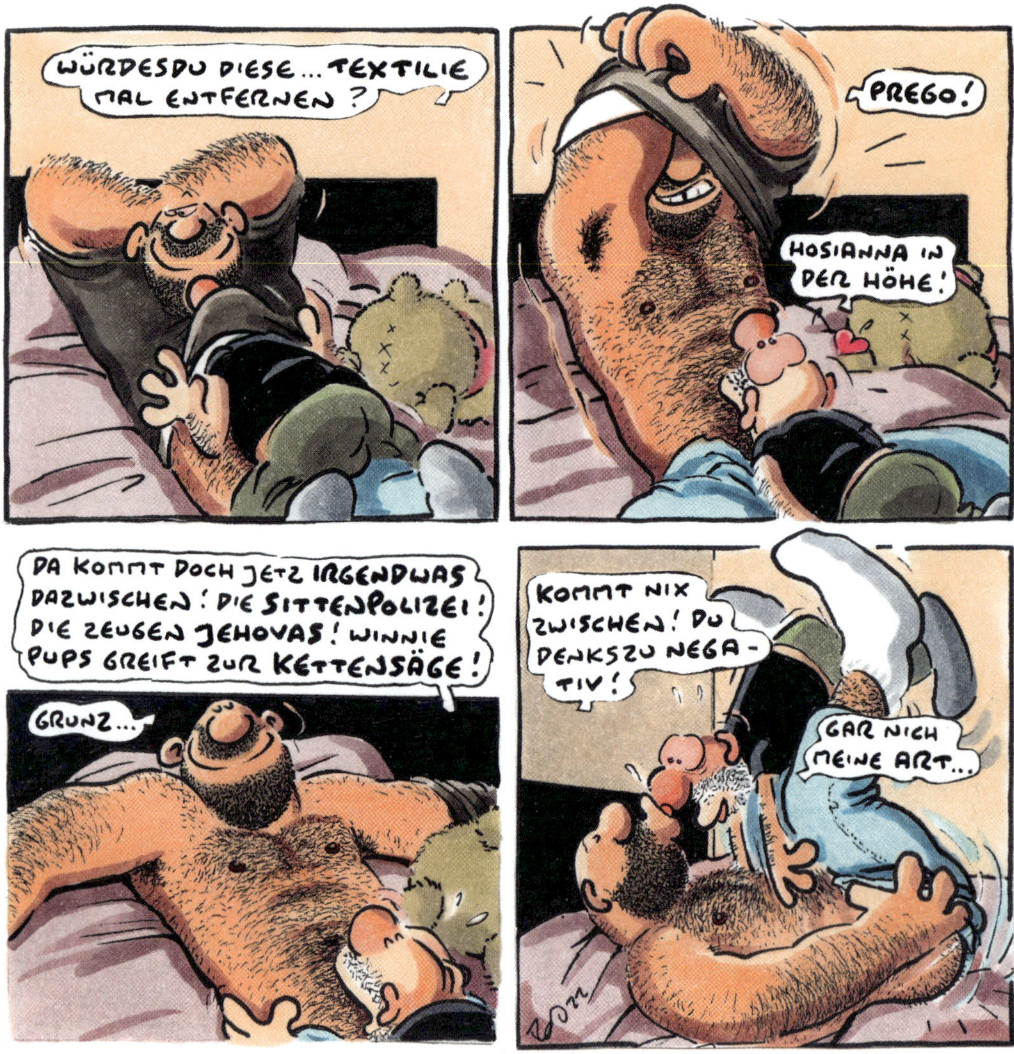

WÜRDESDU DIESE ... TEXTILIE MAL ENTFERNEN ?
PREGO!
HOSIANNA IN DER HÖHE!
DA KOMMT DOCH JETZ IRGENDWAS DAZWISCHEN! DIE SITTENPOLIZEI! DIE ZEUGEN JEHOVAS! WINNIE PUPS GREIFT ZUR KETTENSÄGE!
GRUNZ...
KOMMT NIX ZWISCHEN! DU DENKSZU NEGA-TIV!
GAR NICH MEINE ART...

WAS WILLSU, BÄRCHEN ?!
HA ?
WAS WILLSDU ?
FIEP...
MMH...
ICH GLAUB, ICH WEISS WASDU WILLS...
HAHA!!
?!

BÄRCHEN, ICH HAB... GESCHENK FÜR DICH...
GUT. SETZ ES AUFMEIN GESICHT, ICH MACHSDANN AUF!
HAHA... NEIN, ICH HOL...
NEE, BLEIB HIER!
?!
FLAPP!

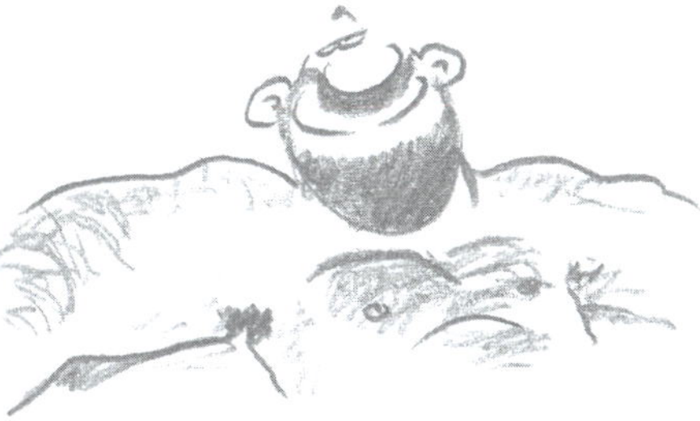

GUTEN MORGEN, FRIEDERICH, KONRAD HIER! WIE SIEHT'S AUS?
AN MEINEN CHINTZ-VORHÄNGEN KLEBT NUDELSALAT!
VERSTEHE.
SAG MAL, LIEGT PAUL NOCH IRGENDWO UNTERM BUFFET ODER...
PAUL?! OH, DER... IST DER NOCH NICHT...?
NEIN.
OK, ALSO... PAUL HATTE NACHHER ZIEMLICH DIE LAMPE AN UND–
PAUL HAT SICH DIE GEILE SAU GEKRALLT!
SCHMUSEBÄR IS KEINE SAU, SCHMUSEBÄR IS'N BÄR!
SCHEISSEGAL, TIER MIT BORSTEN!
DASSIS DER EX VON BRUNO BROCKENHOLZ! DAS IS'NE GEILE SAU!
OH JA... BRUNO BROCKENHOLZ!
WAS IS DRAN AN PAUL?
IST 'NE GEILE SCHLAMPE...
DAS BINNICH AUCH!
KONRAD, ICH HÄTTE SCHONENDERE WORTE GEWÄHLT...
DAS WEISS ICH ZU SCHÄTZEN.

CHRR...
STÖHN
CHRR...
CHRRR...
OH FUCK...

CHRR...
STÖHN...
GRUNZ...
KOMM HER, MEIN BÄRCHEN...
SEUFZ...

CHRRR...
SCHLÜSSEL-
KLAPPER
TÜR-
KLAPP!
CHRR...
?
HEY
BUDDY!
CHRR...
OH FUCK...
BRUNO
BROCKEN-
HOLZ...

CHRR...
HEY...
?!
HM ?! WASMACHS DU HIER ?!
HAB DIR'N SCHLÜSSEL UND DEINE SACHEN ZURÜCKGEBRACHT !
ICH DACHTE...
OK. ADDIO !
... DU ENTSCHULDIGST DICH BEI MIR, UND WIR VERSÖHNUNGSFICKEN...
ICH ENDSCHULDE MICH BEI DIR ?!
EGAL... HAUPTSACHE FICKEN...
?!
AUA ! FALSCHER SCHWANZ !

??!
HAT JEMAND ZWEI, DREI ASPIRIN?
SCHEISSE, ICH DACHTE, DAS IST DEIN WINNIE POOP!!!
NEIN, DER IS EIFER-SÜCHTIG VOM BETTKANTE GEHOPST!
STÖHN...
IM ERNST JETZT?! DU HAST'N KNUDDELBÄRCHEN?!
HM! PAOLO HAT NATURFEUCHTES LECKERMAULCHEN ...
HAB ICH DAS?
OH, JA!
... UND HINTEN DREI KNÖPFE!
NA GEIL.
STÖHN.
UND'N KATER!

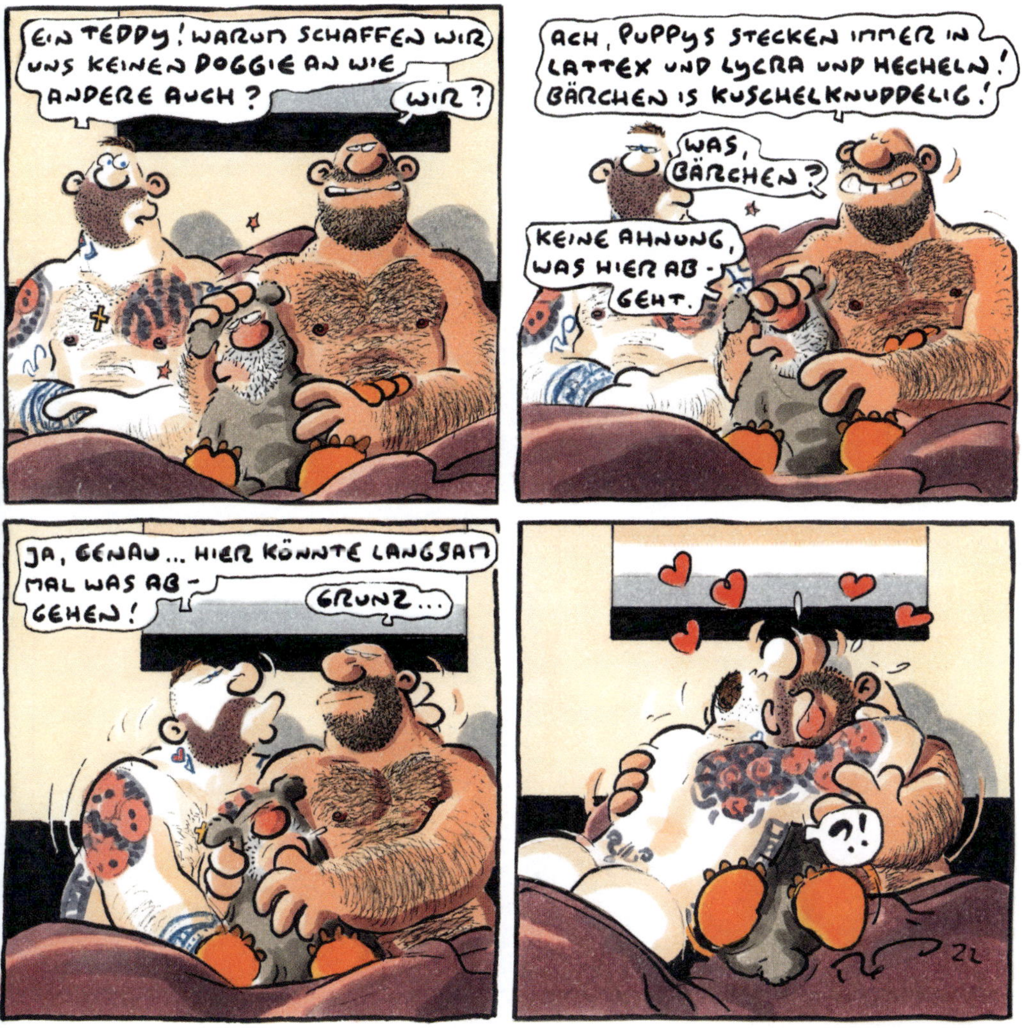
EIN TEDDY! WARUM SCHAFFEN WIR UNS KEINEN DOGGIE AN WIE ANDERE AUCH?
WIR?
ACH, PUPPYS STECKEN IMMER IN LATTEX UND LYCRA UND HECHELN! BÄRCHEN IS KUSCHELKNUDDELIG!
WAS, BÄRCHEN?
KEINE AHNUNG, WAS HIER AB-GEHT.
JA, GENAU... HIER KÖNNTE LANGSAM MAL WAS AB-GEHEN!
GRUNZ...
?!

SCHLÜSSEL-
KLAPPER
SAG NICHTS, FRAG NICHTS, LASS ES EINFACH AN DIR VORÜBERZIEHN...
?!!
AB WANN DARF ICH DENN WAS SAGEN ODER FRAGEN?
WEISS NICHT. OSTERN? ODER PFINGSTEN! PFINGSTEN IST GUT!
BIST DU IN EINEM BÄREN-KOSTÜM DURCH DIE-
ES IST NOCH NICHT PFINGSTEN!

BIST DU IM BÄRENKOSTÜM DURCH DIE STRASSEN…
NICHT UNGEWÖHNLICH. WIR SIND IN KÖLN.
ABER WARUM BIST DU IN EINEM BÄRENKOSTÜM DURCH DIE –
BOAH, DARF ICH VORM VERHÖR 'NE ASPIRIN UND 'N RÜHREI MIT SPECK?!
UND 'NE DUSCHE! DU STINKST!
WAS IST MIT DEINER NASE? DEINE NASE IST GANZ ROT!
JA, SEKT, KÖLSCH, WODKA-RED BULL, JÄGERMEISTER…
NEIN, DIE IST… ROT GERIEBEN! DEIN GANZES GESICHT IST WUND-GESCHEUERT!
ECHT?!
OH.
ICH BIN EIN TRÜFFELBÄR.

DU WILLST MIR ALSO NICHT ERKLÄREN, WAS DU HEUTE NACHT IN EINEM BÄREN-KOSTÜM ...
DAS MUSS ICH MIR ERSTMAL SELBST ERKLÄREN!
AHA.
... UND DANN DENEN, DIE MIT MIR MITFÜHLEN! ALSO JÖRG, LUTSCHER, SPARGEL ...
ALLEN, DIE MICH NICHT VORWURFSVOLL ANGUCKEN, WEIL ICH 'NE GEILE PARTY HATTE!
HM.
DIE PARTY WAR ALSO NOCH GEIL.
DIE PARTY WAR SUPER! GUCK MICH DOCH AN!
ABER NICHT SO!

ICH HÖRTE, DU BIST MIT JEMANDEM ABGEZOGEN.
NA, DA FUNKEN DIE TUNTEN-NEWS JA WIEDER HERVORRAGEND!
ICH HAB NUR BEI FRIEDERICH ANGERUFEN.
ICH HAB MIR HALT SORGEN GEMACHT!
DU MUSST DIR KEINE SORGEN MACHEN!
WENN ICH MAL NICHT NACHHAUSE KOMME, MACHST DU DIR KEINE SORGEN?
WEISS NICHT! DU BIST JA IMMER ZUHAUSE!
DU BIST IMMER ZUHAUSE! DU FÄHRST HÖCHSTENS MAL ZUM BRAHMSKONZERT UND LIEGST IRGENDWO IM HOTELBETT! WIESO SORGEN?!
JA, ICH BEZIEHE NACH KONZERTEN ÖFTER MAL MIT LUDWIG EIN SCHÖNES DOPPELZIMMER ...

WER IST LUDWIG?
NA, LUDWIG! DER TENOR …
DER OHREN-STÖPSEL?!
ER HEISST LUDWIG!
DU HAST EINE AFFÄRE MIT LUDWIG, DEM TENOR?!
NAJA, AFFÄRE … WEISS NICHT. WIR LIEGEN GERN ZUSAMMEN IN DEN HOTELBETTEN.
IHR LIEGT GERN ZUSAMMEN IN DEN HOTELBETTEN?!
ICH WOLLTE ES DIR SCHON LANGE SAGEN …
WAS IST … DRAN AN LUDWIG?!
NUN, WIR HABEN DIE GLEICHEN INTERESSEN, WIR –
ABER DER SIEHT KEIN BISSCHEN AUS WIE ICH!
RÖ 22

PAUL, WARUM SOLLTE JEMAND, MIT DEM ICH GELEGENTLICH IM HOTELBETT LIEGE, SO AUS-SEHEN WIE DU?
NAJA, DU HAST ES DOCH EIGENTLICH MIT DEN SEHR JUNGEN TYPEN UND -
DU BIST NICHT MEHR JUNG!
KÖNNTEST DU DAS ETWAS WENIGER HERZLOS FORMU-LIEREN?
LUDWIG IST... WIR GENIESSEN DIE MUSIK, WIR GEHEN GERN GUT ESSEN, HABEN INTERES-SANTE GESPRÄCHE... WIR LACHEN VIEL...
IHR LACHT? IM HOTELBETT?!
ER HAT MIR NUR NOCH NICHT MIT SEINEM HINTERN DAS GESICHT ROT GERIEBEN, FALLS DAS WICHTIG IST...
WAS?!
WARUM DAS DENN NICHT?!

ALSO DU HATTEST SEX MIT SCHMUSEBÄR UND SEINEM EX.
ICH HATTE KEINEN SEX, ICH HATTE KOPFSCHMERZEN.
HAB MICH DANN SEITLICH AUS DER AFFÄRE GEZOGEN, SCHNELL MEINE KLAMOTTEN GEGRIFFEN UND DISKRET VERDRÜCKT.
WOLLTE MICH NICHT DRAMATISCH VERAB-SCHIEDEN!
DIE ZWEI ZUCHTBULLEN HABEN SICHER SEHR BEDAUERT, KEINEN DREIER MIT FOZZIE BÄR GE-SCHOBEN ZU HABEN...
JA, ABER KOPFSCHMERZEN SIND KOPFSCHMERZEN!
IRONIETASTE AUS.
KONRAD HAT WAS MIT EINEM OPERNSÄNGER! KEINER VOM KNABENCHOR, DER TYP HAT DEN STIMMBRUCH SCHON DREISSIG JAHRE HINTER SICH! ABER GUT, DASS KONRAD AUCH MAL WAS ERLEBT...
IRONIETASTE EIN!

DU WILLST MIR SAGEN, DU HATTEST SEX MIT ROMANO PANNACOTTI UND BRUNO BROCKENHOLZ.
NEIN, ROMANO HATTE SEX MIT BROCKENHOLZ! ICH KLEMMTE NUR DAZWISCHEN.
WAR EHER STRESSIG. ÜBER MIR WAR WAS HART, UND UNTER MIR WAR WAS HART, ABER ES STAMPFTE MIR NUR UNANGENEHM IN DIE MIGRÄNE!
UND DEINE NASE WURDE WUND-GESCHEUERT.
NEIN, DAS WAR SCHON VORHER.
SCHON VORHER!
SCHMUSEBÄR HAT WOHL NACH DER PARTY AUF MEINEM GESICHT GESESSEN. ICH HAB NUR LEIDER KEINE ERINNERUNG!
WIE ÜBERAUS TRAGISCH!
JA.
OK, ABER DU HATTEST ZWEIMAL SEX MIT DEN HEISSESTEN SAFT-BEUTELN COLONIAS! WO LIEGT DAS PROBLEM?
KONRAD HAT WAS MIT EINEM TENOR! ABER GUT, DASS ER AUCH MAL WAS ER-LEBT!
KONRAD?!
KONRAD HAT SEX?
NEIN. SIE LACHEN!

ACH ?! SCHMUSEBÄR UND SEIN EX SIND WIEDER VERSTÖPSELT ?!
FÜHLTE SICH SO AN, JA...
UND DU DAZWISCHEN ?! SANDWICH ?
WIESO SIND WIR EIGENTLICH MONOGAM ?!
ICH WEISS ES DOCH AUCH NICHT.
HABEN WIR DAS IRGENDWANN VEREINBART ?
NEIN. ES PASSIERT NUR NICHTS.
JA, VIELLEICHT SOLLTET IHR EURE LEBENSWEISE MAL ÜBERDENKEN. SOGAR KONRAD HAT EINE AFFÄRE !
ABER GUT, DASS ER AUCH MAL WAS ERLEBT !
KONRAD ?! OH MEIN GOTT... DAS TUT MIR SO LEID ! UND WIE GEHT'S DIR DAMIT ?! MÖCHTEST DU REDEN ?!

SIEHST DU, DESWEGEN SIND WIR MONOGAM!
WAS?
KONRAD HAT ALLE ZWEI JAHRZEHNTE MAL'NE AFFÄRE, UND DU SORGST DICH UM PAUL?!
ICH NEHME HALT ANTEIL!
IMMER GROSSE OPER! DA MÖCHT ICH NICHT WISSEN, WAS LOS IST, WENN ICH MAL FREMDFICKE!
DANN MACH ICH DAS AUCH! DAS IST DANN LOS!
PAUL IST **DER** DEUTSCHLANDWEIT BEKANNTE **SCHWANZWEDLER**, DU MUSST DICH NICHT SORGEN!
ICH FINDE ES **NICHT** GUT, WIE DU HIER ÜBER PAUL REDEST!
STIMMT. ONLINE WEDEL ICH SCHON BIS **KANADA**!

MORGEN KOMMT MILLIE! GEHST DU NOCHMAL FEUCHT ÜBER KÜCHE UND BAD?!
BIN ICH GESTERN ERST.
JA, UND SEITDEM HAST DU FÜNFMAL IM STEHEN GEPINKELT!
ICH BIN JA AUCH EIN MANN! UND ICH GEHE STETS FEUCHT DRÜBER, NACHDEM ICH GEPINKELT HABE!
WAS DU DIR SPAREN KÖNNTEST, INDEM DU DICH EINFACH SETZT!
DAS IST UNNATÜRLICH UND UNGESUND.
UNGESUND?
DER PENIS IST EIN SCHLAUCH!
IM SITZEN PISSEN MACHT AUF DIE DAUER WAS MIT DER HARNRÖHRE! DIE KRIEGT DANN'N KNICK!
NA, WAS FÜR EIN GLÜCK, DASS MÄNNER SICH WENIGSTENS ZUM STUHLGANG SETZEN!
DARAN SIEHST DU'S, DER DARM IST EIN EINZIGER KNICK!
PAUL... PUTZ DAS BAD!
OK, MILLIE MUSS SITZEN... FRAUEN HABEN KEINE HARNRÖHREN.
NUN... DOCH.
ECHT?! WO?
RD 22

JA, SCHLUSS MIT LUSTIG! ICH HAB'N ABGABE-TERMIN!
AUA!!
SAGAT, NICHT KNABBERN, LECKEN!
WIRD'S WIEDER FRÜHLING?
JA, ICH GEB AUF. WENIGSTENS EINER, DER MEINE WADEN GEIL FINDET!
HM.
UND WAS SCHREIBST DU JETZT?
MEIN BARRY HODEN LIEGT HIER NOCH HALBFERTIG IN DER SCHUBLADE...
SO IST'S BRAV, SAGAT!
SLAP SLAP...
DAS WAR DAS MIT DEM PLANETEN, DER AUSSAH WIE EIN RUNDER, HAARIGER ARSCH, ODER?
JA, MIT DER SCHNAPFGACKE UND DEM VERLIEBTEN ALIEN UND SO.
JA, MACH DAS! VOLLE DRÖHNUNG ESKAPIS-MUS!
SMAC...
DIE REALITÄT HÄLT MAN JA NERV-LICH KAUM NOCH AUS! SCHREIB PORNO-SCIENCE-FICTION!
WELCHE REALITÄT? ICH KRIEG VOR LAUTER SCHMUSEBÄR UND ABBA NICHTS MEHR MIT!
IRGENDWANN LASS ICH SAGAT MEINE EIER LECKEN! EH ALLES EGAL.
WOW. SO SCHLIMM?
SCHLIMMER.

HI KONRAD...
MILLIE!
HI MINIMACHO!!
HI MAXIBITCH!
NA, WIE GEHT ES EUCH IN DIESEN ZEITEN?
NAJA... NACH DEM DUNKLEN CORONAWINTER NUN AUCH DAS NOCH.
ICH VERZICHTE SEITDEM AUF NACHRICHTEN. BESSER FÜRS SEELENHEIL!
HM.
WENN IN KÖLN DIE ATOMBOMBE HOCHGEHT, KRIEGEN WIR DAS SCHON MIT.
INDEN ACHTZIGERN WAR DAS MAL EIN GAG, DASS SIE IM RADIOWECKER MELDEN, IN DER INNENSTADT WÄR'NE ATOMBOMBE EXPLODIERT, UND DANN WAR'S NUR'NE AUTOBOMBE!
OK...
WIR HABEN DAMALS SEHR GELACHT.
WEDER DAS EINE NOCH DAS ANDERE IST HEUTZUTAGE WITZIG, ODER?
ACH, „HEUTZUTAGE" WIRD ÜBERSCHÄTZT.

ICH FINDE, ARSCHLOCH IST KEIN GUTES SCHIMPFWORT! DER DARM-AUSGANG IST EIN WERTZUSCHÄTZENDES KÖRPERTEIL!
MEINE REDE!
HM. WAR KLAR...
DRECKSCHWEIN GEHT AUCH NICHT. SCHWEINE SIND INTELLIGENTE TIERE!
UND OFT ERFREULICHE ZEITGENOSSEN MIT COOLEN FETISCHEN!
AUF DER FRIEDENSDEMO HIELT EINER EIN SCHILD HOCH: PUTIN, DU BIST SO EIN PIMMEL!
OK, DARÜBER KANN MAN REDEN, ODER? SCHWANZ WÄRE ZU VIEL DER EHRE, ABER PIMMEL ...
WÜRSTCHEN MIT MINDERWERTIGKEITSKOMPLEX!
WÜRSTCHEN KLINGT ZU NETT.
ICH BLEIB BEI ARSCHLOCH, SORRY.
OK, ABER DANN SO'N FIESES, MIT PROLAPS UND LAUTER HÄMORRHOIDEN, ABSZESSEN UND... UND...
... FISSUREN UND FEIGWARZEN UND SONSTIGEM KREML!
GENAU. JETZT HABEN WIR'S.

MILLIE, KAFFEE?
JA, JA…
SCHNÜFFEL
ABGESEHEN VON PUTIN RIECHT'S HIER NACH UNAUSGEGORENEM KONFLIKTPOTENZIAL!
ACH JA?
ERZÄHLT MIR NICHTS, ICH HAB 'NE NASE FÜR BEZIEHUNGS-TROUBLE!
DAS MÜFFELT IMMER LEICHT BRENZLICH!
IST WAS LOS MIT UNS, PAUL?
NEIN. DU HAST EINE AFFÄRE, UND ICH FIND'S GUT, DASS DU AUCH MAL WAS ERLEBST…
… WÄHREND DU MICH MIT SCHWEIGEN BESTRAFST, WEIL ICH MAL IN EINEM BÄRENKOSTÜM UND ZERKRATZTER NASE NACHHAUSE –
SO GENAU WILL MILLIE DAS NICHT WISSEN!
WAS?! ICH WILL DAS NOCH VIEL GENAUER WISSEN!
OK! AAALSO…

IN EINEM BÄRENKOSTÜM?
FURRY.
FAWAS?!
FURRY! SIE ZIEHEN SICH TIERKOSTÜME AN! FRAG MICH NICHT...
ICH FRAG DICH ABER! DU WARST DOCH IM BÄRCHENKOSTÜM!
ICH BIN ABER KEIN FURRY, ICH WAR NUR BETRUNKEN!
UND SO.
UND WIESO ZERKRATZTE NASE? WAR 'NE KATZE IM SPIEL?
REIBUNG IST DIE KRAFT, DIE ZWISCHEN DEN KONTAKTFLÄCHEN VON SICH BEWEGENDEN FESTKÖRPERN AUFTRITT!
DA WEISS ES WIEDER EINER GENAU...
MAN UNTERSCHEIDET ZWISCHEN HAFTREIBUNG UND GLEITREIBUNG.
UND, PAUL... WELCHE REIBUNG–
ER WAR DA SEHR FLEXIBEL!

SIE ZIEHEN SICH TIERKOSTÜME AN?!
JAA, ES GIBT DIESE FURRYSZENE... DAVON GIBT'S AUCH COMICS UND ANIMES UND... DA HABEN SIE ROTE HUNDEPIMMEL UND SO!
TOLL! HIER LERNE ICH IMMER WAS DAZU!
UND PUPPYS! KERLE VERKLEIDEN SICH ALS HUNDEWELPEN! ICH FIND'S JA AUCH SCHRÄG!
KLAR, ABER SEX IM BÄRENKOSTÜM IST GANZ NORMAL!
WIESO NICHT?! IST DOCH LUSTIG! DU LACHST DOCH AUCH GERN! IM HOTELZIMMER!
STIMMT! DU HAST WAS MIT LUDWIG?! WIRKLICH? LUDWIG?!
ICH FIND'S JA GUT, DASS ER AUCH MAL WAS ERLEBT!
PAUL, DIE PLATTE HAT'N SPRUNG!
LACHT IHR ETWA NACKT?!

LUDWIG UND ICH SEHEN UNS OPERN AN UND HÖREN KONZERTE, UND WEIL LUDWIG RECHT WITZIG IST, LACHEN WIR AUCH SCHON MAL! WO IST DAS PROBLEM ?!
IM LUXUS-HOTEL!
WIESO LUXUSHOTEL ?! BESSERE KATEGORIE, JA! ABER LUXUS...
MIT MIR GEHST DU NIE IN LUXUSHOTELS UND-RESTAURANTS!
DU TRINKST ZUM DREI-STERNE-MENÜ JA AUCH NUR COCA-COLA!
WENN'S BEI EUCH NUR UM SEX GINGE, OK! ABER IHR HABT NICHT MAL WELCHEN VOR LACHEN!
OH DOCH, WIR HATTEN AUCH SCHON SEX! ABER DARAUF KOMMT'S NICHT AN!
IHR HABT SEX ?! DU HAST GESAGT, LUDWIG HÄTTE NOCH NIE AUF DEINEM GESICHT GESESSEN!
PAUL, IST DENN SEX NUR AUF DEM GESICHT SITZEN ?!
NEIN, ABER...
... DAS ÜBLICHE VORSPIEL?

NOCHMAL: ES GIBT ERWACHSENE LEUTE, DIE TRAGEN BEIM SEX TIERKOSTÜ -
ES GIBT ERWACHSENE WAS ?!
UND ?! SOLANGE ES DEN JUNGS SPASS MACHT... WER SIND WIR, DASS WIR DARÜBER URTEILEN? PUPPYS WEDELN HINTEN MIT DEM SCHWÄNZCHEN, WENN HERRCHEN SEIN LECKERLI AUSPACKT! IST DOCH SCHÖN!
STÖHN...
SIE WEDELN HINTEN MIT DEM SCHWÄNZCHEN ?!
NAJA, VORAUSGESETZT, DER SCHLIESSMUSKEL IST BEWEGLICH !!!
OH, WIE SÜSS! WEDELST DU IM BÄRCHENKOSTÜM AUCH HINTEN MIT DEM SCHWÄNZCHEN ?!
NEIN, MEIN PUSCHEL HAT KEINEN ANALKONTAKT!

ABER KONRAD, WENN LUDWIG MAL MEHR WILL ALS NACKTLACHEN IM HOTELBETT?
WILL ER JA NICHT! UND ER SINGT AB HERBST AN DER OPER IN MARIA IM ELEND! ÖSTER-REICH!
IM ELEND GIBT'S AUCH HOTELS.
UND, PAUL, WENN DER BÄR DICH IN SEINE HÖHLE SCHLEPPEN WILL?
ICH BIN DOCH NUR SEIN PLÜSCHTIER!
UND ER HAT'N KERL.
ALSO IHR WERDET EUCH WEGEN EURER AFFÄREN JETZT NICHT TRENNEN, ODER?!
NEIN!
WIESO DAS DENN?!
NUN...

WIR HALTEN ES BEIDE FÜR EINEN ÜBERZOGENEN ANSPRUCH, SOZUSAGEN VON SEINEM PARTNER ZU ERWARTEN, DASS ER ALLES ABDECKT, WAS MAN SO BRAUCHT IM LEBEN.
DAFÜR HAT MAN FREUNDE!
UND KOLLEGEN!
UND AFFÄREN!
JA. WAS DAS SEXUELLE BETRIFFT, AUCH AFFÄREN.
WOW.
NA, DANN TRENNT EUCH DOCH EINFACH NICHT UND GENIESST EURE AFFÄREN!
FÜR EINE HETEROFRAU IST DAS EIN SALOMONISCHES URTEIL.
IHR SEID ZWEI MÄNNER, ANDERE GRUNDKONSTELLATION! KÄME MEIN KERL MIT SOWAS, GÄB'S ABER DERMASSEN DAS WORT ZUM SONNTAG!!
ICH LIEBE DIE ANDERE GRUNDKONSTELLATION!

WENN ICH MEINEM PARTNER SAGEN WÜRDE: HEY, ICH GEH ÜBRIGENS GERN MIT EINEM KULTIVIERTEREN KOLLEGEN INS HOTEL, ZUM NACKTLACHEN!
DRAMA, WUT, GÜTERTRENNUNG!
ODER WENN IHM'NE MIEZE AUF'M GESICHT SITZT, UND ER HAT'N TIER-KOSTÜM AN...
TELLERWERFEN, BERUHIGUNGS-PILLEN, ZURÜCK ZU MUTTER!
TELLERWERFEN? GEWALT FÜHRT NIE ZUM ZIEL!
KOMMT AUFS ZIEL AN! ABER ICH SAG JA, IHR SEID SCHWULE MÄN-NER, ANDERE VORAUSSETZUN-GEN! UND IHR HABT SOGAR NOCH SEX MITEINANDER, ODER?
WENN, DANN JA...
GUT! AUCH UND GERADE, WENN SICH DAS ERLEDIGT HAT MIT DEM EHE-SEX VERBIETEN WIR UNS GEGEN-SEITIG FREMDZUGEHEN! ERGO KEIN SEX MEHR FÜR DEN REST DES LEBENS! HÖCHSTENS EIN-SAM IN DER BADE-WANNE WICHSEN ODER VORM LAP-TOP!
HETEN-HÖLLE.
UND WAS WAR NOCHMAL EUER PROBLEM?

GUT, HALTEN WIR FEST: IHR WERDET EUCH NICHT TRENNEN!
WÄRE ETWAS KOMPLIZIERT.
ABER DAS IST HOFFENTLICH NICHT DER EINZIGE GRUND?!
NEIN! ICH LIEB DEN DA!
ICH LIEB DEN DA AUCH.
DIE ANTWORT LIESS JETZT ETWAS AUF SICH WARTEN.
LIEBE IST JA AUCH ETWAS KOMPLIZIERT!

DU BIST ACHTUNDFÜNFZIG, PAUL! UND LÄUFST IMMER NOCH DIESEN… FELLTIEREN HINTERHER WIE EIN HORMONGESTEUERTES-
ICH BIN ALS KIND -
IN DEN TESTOSTERONTOPF GEFALLEN, ICH WEISS!
WIE MUSS ICH MIR DAS VORSTELLEN?
MEIN DOC BESCHEINIGT MIR DEN HORMONSPIEGEL EINES 25-JÄHRIGEN.
TOLL.
UND SCHLUCKST TROTZDEM JEDEN FREITAG CIALIS!
MAN BRAUCHT EIN SICHERES STANDBEIN IM LEBEN.
ABER DU WIRST ALLMÄHLICH ZUR WITZFIGUR! DU KIFFST IMMER NOCH UND… PORNOS UND CHLAMYDIEN… HERRGOTT, KOMM DOCH MAL ZUR RUHE!!
ERNSTHAFT?! DU WILLST MICH RUHIG?!
NEIN!
JA!
NEIN…

ALSO... ICH HAB JA DAMALS AUF IBIZA EINEN GRUNDKURS IN PAARTHERAPIE GEMACHT UND HABE EINEN EHEBERATUNGSKOMPATIBLEN VORSCHLAG!
ZU HETEROSEXUELL.
NEIN, SUPERGAY!
STÖHN...
NUN HÖRT DOCH ERSTMAL ZU! EURE AFFÄREN SIND EIN GEWINN! ES WIRD FRÜHLING, NICHTS SCHÖNER, ALS SICH NEU ZU VERLIEBEN! UND DAS AUS DEM BEWÄHRTEN PARTNERHAFEN HERAUS!
ABER DER ALTE HAFEN WILL GEPFLEGT WERDEN! DAS, WAS IHR MIT EUREN AFFÄREN KÖNNT, KÖNNT IHR MITEINANDER SCHON LANGE! ABER GEWOHNHEIT IST NUN MAL EIN FEIND DER EROTIK! DARUM JA AFFÄREN!
MEINE REDE!
UND?
IHR ZWEI GEHT ZUSAMMEN IN EIN SEHR SCHICKES HOTEL IRGENDWO UND ZIEHT EUCH TIERKOSTÜME AN!
UND LACHT, BIS DAS BETT KRACHT!

EIERLIKÖR-SAHNE?
HER DAMIT!
TROCKENOBST-STREUSEL?
HIER!
FÜR MICH NOCH'N KAKAO!
UND NOCH DIE DRÖGE MÖHRE. BITTE SEHR...
DANKE.
DOCH, DOCH! HOTEL, TIERKOSTÜME SEX! DAVOR GEHT IHR DEKADENT ESSEN, UND PAUL NIMMT ZUR JAKOBSMUSCHEL SEINE COLA! WENN IHM DER SAUVIGNON NUN MAL NICHT SCHMECKT.
DAS IST ABSURD!
NEIN, DAS IST NUR EIN GETRÄNK, DU KULTURBEUTEL!
ICH ZIEH DOCH KEIN TIERKOSTÜM AN! ICH HAB GAR KEINS!
WIR SIND IN KÖLN! KOSTÜM-NOTLIEFERSERVICE JOT JELUNGE!
HIER! MODELL WILDSCHWEIN! WER IST DIE SAU?
ER!
ICH!
WAS FRAG ICH ÜBERHAUPT?

PAPI, ICH GEB DIR EDELTRAUTS GELD ZURÜCK! ICH WILL DAMIT NICHTS ZU TUN HABEN!
HM!
WEIL, WENN ICH AM ARSCH BIN UND DAS GELD AUSGEBE UND SIE LÄSST SICH WOMÖGLICH DOCH NOCH IMPFEN, DANN BIN ICH AM ARSCH!
NA, ERST AM ARSCH UND DANN AM ARSCH MACHT JA KAUM'N UNTER-SCHIED!
WAS?! STÖHN... EGAL, VERGISS ES!
JUNGE, DU KANNST JEDER-ZEIT MIT MIR REDEN, WENN DU AM ARSCH BIST, WIE DU DICH AUSZUDRÜCKEN PFLEGST!
PAPI...
...ICH BRING'S DIR ZURÜCK, OK?
WAS SOLL DENN DAS HEISSEN, DU BIST AM ARSCH?!
DASS MAN BEI DIR IMMER NOCH AUFPASSEN MUSS, WAS MAN SAGT!

SEUFZ...
KRAUL
KRAUL

IST NICHT IMMER EINFACH MIT DIR …
DABEI HAB ICH SO EIN STABILITÄTSVERHEISSENDES BÄUCHLEIN!
JA. DAS IST ES JA! ALLES WIE IMMER.
SCHON VOR DREISSIG JAHREN AM STRAND BIST DU JEDEM ATTRAKTIVEN KERL NACHGELAUFEN! SELBST WENN SIE IHRE FREUNDINNEN IM ARM HATTEN!
FREUNDINNEN IM ARM SIND AUCH EIN MISSVERSTÄNDNIS!
ICH HÄTTE NUR MANCHMAL GERN ETWAS … ENTWICKLUNG!
DU STEHST NICHT MEHR AUF KLEINE JUNGS! IST DOCH ENTWICKLUNG!
ICH STAND NOCH NIE AUF KLEINE JUNGS! DU REDEST, ALS WÄR ICH PÄDOPHIL!
ICH WAR DAMALS KLEIN UND –
SCHON BEHAART!
SIEHST DU, BEI MIR WEISST DU, WORAN DU BIST!
ABER BEI BLONDIERTEN, ETWAS SCHWAMMIGEN OPERNTENÖREN …
LUDWIG IST DEFINIERTER ALS DU!
ECHT?! MIST …

ODER SOLLTEN WIR UNS TRENNEN?
NA, DU STELLST FRAGEN, WÄHREND DU MIR DEN BAUCH KRAULST!
VIELLEICHT SOLLTE MAN IMMER OFFEN BLEIBEN FÜR NEUES! DARUM JA OFFENE BEZIEHUNG...
OFFEN FÜR ANDERE REIN, ABER NICHT WIR RAUS!
SO RICHTIG TRENNEN? DASS ICH AUSZIEHE UND SO?
NEIN... NAJA... WEISS NICHT...
WÄHREND DU ÜBERLEGST, KRAUL WEITER...
22

OK, DANN ... HABEN WIR ALSO AFFÄREN.
DU HAST EINE! ICH NICHT.
NA GUT, ABER DAS SIND KEINE AFFÄREN!
DIE SIND NUR BEHAART, UND ICH BIETE IHNEN EINEN SITZ-PLATZ AN!
BIST DU VER-LIEBT IN LUDWIG?
JA, IRGENDWIE SCHON ...
SIEHST DU, ICH BIN NICHT VERLIEBT IN ROMANO!
ICH BIN NUR TIERISCH VERKNALLT!
VERLIEBT, VERKNALLT ... DEINE DIFFERENZIERUNGEN SIND BEMERKENSWERT.
ABSOLUT! UND MIT LIEBE WIE BEI UNS HAT DAS REIN GAR NICHTS ZU TUN!

WENN DIR DANN NICHT SCHON EINER AUF DEM GESICHT SITZT, HALT DIR MAL DEN 2. JULI FREI. DU WILLST DOCH MAL MIT MIR IN EIN LUXUS-HOTEL!
FÜHL DICH NICHT GENÖTIGT!
DU MUSST ALLERDINGS VORHER MIT MIR IN EIN KLASSISCHES KONZERT!
AH, OK ... IHR HABT BRAHMS GEBUCHT, UND LUDWIG HAT LEIDER KEINE ZEIT?
LUDWIG HAB ICH GAR NICHT GEFRAGT! ER FINDET DIE MUSIK UNZEITGEMÄSS ...
NA, DAS WIRD WAS SEIN ...
JA. WIR FLIEGEN NACH LONDON.

ABER DOCH NICHT...
ABBA DOCH, DOCH.
DU WILLST MIT MIR ZU ABBA ?!
NA, WAS MAN SO ABBA NENNT HEUTZUTAGE. TANZENDE GLÜH-BIRNEN...
OH, OH, DARF ICH DIR EINEN BLASEN ?!
MUSS JETZT NICHT SEIN, DANKE.
UND DU KOMMST MIT ?! ZU ABBA ?!
NA, ICH FAND DIE DAMALS AUCH GANZ GUT.
TOLL! WENN SIE GUSTAV BRAHMS BALD AUCH REANIMIEREN, KOMM ICH AUCH MIT DIR MIT!
NETT VON DIR.
ABER DAS MACHEN SIE JA NUR BEI BE-DEUTENDER MUSIK!
PAHAUL ?!

LONDON! ABBA! WIE GEIL IST DAS DENN?!
I'VE STILL MY FACE IN YOU...
VIELLEICHT KÖNNEN WIR BIS DAHIN NOCH WAS AN DEINEM ENGLISCH MACHEN...
ACH, DAS, WORAUF ES ANKOMMT, VER-STEH ICH GANZ GUT.
JA, WAS DAS BETRIFFT, HAB ICH IMMER NOCH VERTRAUEN IN DICH!
THE WIENER TAKES IT ALL...
DAS WAR JETZT AB-SICHT!
HI HI...

KNOWING ME, KNOWING YOU
(AH-HA)
THERE IS SOMETHING
WE CAN DO...
KNOWING ME, KNOWING YOU...
(AH-HA)
WE JUST HAVE TO FACE IT,
EACH TIME IT'S TRUE...
CUDDLING ME, CUDDLING YOU
IT'S THE BEST WE CAN DO!

NACHWORT ABBA HALLO!

Wenn dieses Buch erscheint, ist die Sensation schon eine Weile her, aber nichtsdestotrotz gehört es zur Geschichtsschreibung klassischer Popmusik, dass sich ABBA am 5. November 2021 nach vierzig unglaublichen Jahren beharrlichen Schweigens mit dem Album *Voyage* zurückmeldeten! Wie so viele, die ihre Kinder-, Jugend- und Hörnerabstoßjahre mit «Chiquitita» und «The Day Before You Came» verbracht hatten, war ich von diesem Ereignis durchaus emotional berührt. Dazu kam: Nach dreimonatiger Zwangspause (Grund war ein gebrochener Unterarm) fing ich gerade wieder mit Fingerübungen an und kritzelte noch etwas unbeholfen Comicnasen aufs Papier. Die neue ABBA-Platte bot dann Anlass und Thema, nach längerer Zeit wieder Comics mit Konrad und Paul auf Facebook und Instagram zu posten.

Ich hatte anfangs nur vier Folgen dazu im Sinn, aber zu meiner eigenen Überraschung entwickelten die Figuren sofort wieder ein Eigenleben, und es blieb für die nächsten acht Monate dabei: fast jeden Tag ein Comic, bis ein weiteres Buch voll war.

Und dieses Buch liegt nun vor. Wie schon bei der ersten «Staffel» (*Vervirte Zeiten*, erschienen 2021) hatte ich keinen Plan, wohin es wohl diesmal mit Konrad und Paul gehen würde. So zu arbeiten, ist super und ähnelt außerdem ganz dem wahren Leben: Man weiß nie, was morgen kommt! Das erhält mir den kreativen Spaß und der Online-Leserschaft sogar die Möglichkeit, durch Bemerkungen und Anregungen in den Kommentarleisten Einfluss auf das Geschehen zu nehmen. Nur dass Paul sich einmal mehr in ein behaartes Exemplar prachtvoller Männlichkeit verknallen würde, war mir klar, und dass der sentimentale ABBA-Flashback die ganze Zeit irgendwie mitschwingen würde, auch. Den Rest ließ ich spontan passieren.

Immer noch war das Coronavirus ein Thema. Das zweite Mal in Folge hatte ich beispielsweise die Silvesternacht mit mir allein und einer einsamen Flasche Champagner verbracht. Sonst waren immer bis zu 40 Leute in meiner Dachwohnung, die tranken, tanzten, kifften und auch mal in meine Pflanzenkübel kotzten. Nun waren zwar bis zu zehn Personen pro Party «erlaubt», aber unter meinen Freunden eine Auswahl zu treffen und dann eventuell noch zu erfahren, dass einer von ihnen bei seiner Familie und mit seiner impfgegnerischen Schwester Weihnachten verbracht hatte und somit womöglich ein Infektionsrisiko darstellte, diese Aussicht hat mir die ohnehin spärliche Vorfreude auf die Feierei gründlich versaut. Ich sagte alles ab.

Also fand die Party im Comic statt. Anlass ist zwar nicht Silvester, aber Friederichs runder Geburtstag. Da dieser sich im Comic natürlich in einer Nacht abspielt, sich aber im Internet über mehrere Wochen erstreckte, war ich im Dilemma, als nach nur drei oder vier Folgen am 24. Februar Putins Armee den Angriffskrieg auf die Ukraine startete. Zwar reden die Comicnasen zu Anfang noch von der russischen Mobilmachung, aber an einen tatsächlichen Krieg glaubte zu dem Zeitpunkt kaum einer. Falsch geglaubt. Bis heute halten die erschreckenden Meldungen die Welt in Atem. Während ich also den Comic zeichnete, hatte ich keine Möglichkeit, auf das alles beherrschende Thema einzugehen, was auf Dauer ein bisschen gespenstisch war. Allerdings äußerten sich die LeserInnen oft dahingehend, froh zu sein, wenigstens einmal am Tag abgelenkt vom unlustigen Weltgeschehen über Konrad und Paul kichern zu können.

Zudem ritt ich die beiden gegen Ende der Geschichte Tag für Tag weiter rein in eine ernst zu nehmende Beziehungskrise, über die ich überraschend wenig Kontrolle hatte. War Konrad ohnehin für viele (meist weibliche) Leser eine etwas bemitleidenswerte Figur, weil Paul so ein notorischer Fremdgänger ist, wurde jetzt auch für mich deutlich, dass es unterschiedliche Beziehungsmodelle gibt und die Sache mit der Liebe und den Trieben nicht immer so klar auseinanderzuhalten ist. Nie habe ich stärker das Gefühl gehabt, dass meine Comicfiguren tun, was sie wollen. Und sosehr ich ein Herz für Konrad habe, ich musste Paul den Pannacotti geben, schon weil es mir so viel Spaß bereitet, stundenlang mit dem Fineliner üppige Körperbehaarung zu stricheln.

Die Kommentare unter den Comics waren wieder inspirierend für den Fortgang der Story, aber auch Facebook selbst mit seinen unreflektierten Zensurregeln. So ist das Wort «Tunte» verboten und fällt unter «Hassrede»! Ich wurde wegen so etwas zweimal vom Konzern abgestraft. Auch sexuelle Darstellungen sind ein Risiko, und nur darum kam ich aufs Daumenlutschen! Da bekam auch das «Gefällt mir»/«Daumen hoch» bei Facebook ganz neue Symbolkraft.

Es ist ziemlich sicher, dass es bald weitergeht mit Konrad und Paul. Es macht mir Freude, morgens aufzustehen und Comics zu posten, die auch in schwierigen Zeiten so vielen Lesern und Leserinnen ein Schmunzeln auf die Lippen zaubern oder sie gar den Frühstückskaffee auf die Tastatur prusten lässt. Soll vorgekommen sein. Sogar mehrmals.

Ralf, im Oktober 2022

Dank an Gregor Mönter für Rat und
Überblick bei Betriebsblindheit.

Ralf König, 1960 in Soest geboren, Studium der Freien Graphik an der *Kunstakademie Düsseldorf*, ab 1980 Comic-Veröffentlichungen in diversen Schwulenmagazinen. Durchbruch mit *Der bewegte Mann* (1987), der als Comic wie als Film ein großes Publikum eroberte. Vielfache Auszeichnungen (u. a. 2010 mit dem *Max-und-Moritz-Preis* für den besten Comic-Strip für *Prototyp* und *Archetyp*). Seine Comics wurden in 18 Sprachen übersetzt. Zahlreiche Ausstellungen, z. B. 2012 das *Ursula-Projekt* im *Kölnischen Stadtmuseum* zu den *Elftausend Jungfrauen*. 2014 erhielt er den *Max-und-Moritz-Preis* für sein Lebenswerk und 2017 den *Wilhelm-Busch-Preis* der *Schaumburger Landschaft* für satirische und humoristische Versdichtung. Königs Veranstaltungen mit projizierten Comics und den von ihm gelesenen Sprechblasen sind immer ein großes Vergnügen. Ralf König ist im Beirat der *Giordano-Bruno-Stiftung*.

www.ralf-koenig.de